王子の政略婚

気高きオメガと義兄弟アルファ

桜部さく

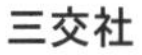

CONTENTS

Illustration

一夜人見

王子の政略婚

気高きオメガと義兄弟アルファ

本作品はフィクションです。
実際の人物・団体・事件などにはいっさい関係ありません。

王とは国の長であると同時に最も国に尽くす者である。そして王太子は、王座に就く将来のために日々精進し、国をより良い方向へ導けるよう知識を蓄え、先見の明を養う。

フロレンス王国国王イネアスの嫡男、ユベールは、産声を上げたときにはすでに王太子としての精神を心得ていたのではないかと言われるほど、幼いころから気丈で利発的だった。西洋圏の中心地であり、貿易で栄える国の王太子としてどんな教養が必要か、自ら考え行動する。特に外国語の覚えが早く、加えて歴史や文化を積極的に学ぶ真の努力家だった。

十の歳になるころには、伯爵として与えられたシャテル領で領民の生活を向上させるための新しい税の還元を試みた。そして、数年のうちに成功させるという偉業を成し遂げ、シャテル領の評判は瞬く間に王国全土へと広まり、民衆はユベールが王になる日を心待ちにするようになった。十六歳を目前に、正式に王太子として王宮に移ったときには、その期待が表面に出たのだろう、国王イネアスが大病を患ったという根も葉もない噂が流れ、ユベールの戴冠を祝う準備をする者までいたという。

ユベールの存在を際立たせるのは、美しい容姿だ。波打つ金色の髪、滑らかな白い肌と健康的な頬、気高さを表すようにつんとした唇。そして、凜とした目元に輝く快晴色の瞳が、見る者すべてを感嘆させる。

そんな、美貌と知性を兼ね備えた、フロレンス史上最も民衆の支持を得る王太子ユベールの日々の舞台は、世界最高峰と名高い王宮だ。曾祖父である前国王が完成させた、七百の部屋を有する巨大な宮殿。黄金で縁どられた窓や屋根飾りは言うまでもなく、繊細な彫刻が施された色とりどりの大理石が壁や柱を飾る内装もまた、近隣諸国の羨望の的になり、各国では競うように宮殿が建設されているという。だが、常に最新の技術や流行を取り入れた改装がなされるフロレンス王宮を超越する宮殿は、いまだ現れていない。

ユベールがこの豪華絢爛な王宮で執政する未来こそ、フロレンス王国の黄金期になるだろう。現国王イネアスの手前、誰も口にすることはないが、それが大衆の本音であり、ユベール自身もそう思っている。

暖かい春の昼下がり、王太子の部屋から広大な庭園を眺めていたユベールは、派手な衣装を纏った貴族たちに溜め息をついた。

「まるで己を孔雀と勘違いしている豚だ」

「殿下」

背後から窘めたのは近侍のガレオだ。五つ年上の公爵家次男で、剣術、馬術に長けている。次期国王の側近となる立場と出身家、そして整った容姿から、王宮の女性たちの注目を浴びる若い男性の一人なのだが、本人は女性や遊びに興味がなく、ユベールに忠誠を尽くすことしか頭にない。少々稀有で、とても頼りになる存在だ。

「お気持ちは察しておりますが、お言葉にはお気をつけください」

煌びやかな王宮での生活は、贅沢の基準が狂っている。フロレンス王国建国からしばらくは、身分の高さと奉仕の精神は比例すべきと考えられ、実行されていた。それが、富と権力を誇示するような王宮に国中から貴族が集められ、毎晩のように宴や催しが開かれるようになると、貴族たちは衣装で張り合い、装飾品で競い合って、散財を散財とも判断できなくなっていった。

その最たるものが王家だ。父王イネアス、王妃デボラは、まるで国庫に金が湧き出ているかのように贅沢に溺れている。そんな王に取り入ろうと、必死に着飾る貴族たちは、ユベールの目にはもはや着飾った豚にしか見えない。日々不快に感じているせいで、誰もいないところではつい本音が口をついて出る。

「自分の部屋にいるのに何を気にする必要がある」

「思ったとおりを口になさることに慣れてしまわれては、いざというときに殿下がお困りになられます」

王宮に移ってから三か月ほど。王宮の内情を知れば知るほど、なぜ自分に民衆の期待が寄せられるのか痛感させられる。豪華な宮殿、あり余る美食、理由のない宴や華美な衣装のために、税率は上がり続けているのだ。そして宮殿を出れば民は日々食べていくのがやっとの生活を送っている。民衆の不満はユベールの不満であり、苛立ちは募るばかりだ。

「近頃、フロレンス王国は国を繁栄に導いた工芸や農産品よりも、王宮の度を超えた贅沢文化で知られるようになっている。このままでは重税が民衆を貧困に追いやり、王国は衰退していく。それが理解できないなら貴族という特権階級にあらざるべきで、理解しているのに目を背けているならばもはや人ではなく着飾った豚だ」

王であればこの本音を言い表せるのに。父王イネアスの不幸を祈ったことも願ったことも、一度もないと神に誓って言える。だが、王太子という立場が歯がゆくて堪らないのは事実だ。

「殿下……」

「しかも、地の利に胡坐をかいて国防を蔑ろにしてきた結果がエスパニル王国との同盟だ。もとより複数国と国境で接しているのに、自衛に足る戦力を備えないとは、愚策としか言いようがない」

言い止まれないのは、百年前の戦争を境に背中を向け合ってきた隣の大国エスパニルとの同盟のために、最愛の姉ソフィアがエスパニルの王太子に嫁ぐことになったからだ。

西洋圏の中心に位置し、貿易の要所として最も栄えているフロレンス王国は、恵まれた気候により農産力が高く、また工芸も発達している。過去には世界最高の軍を有していたが、長らく他国との交戦を逃れてきた傲りから、最近では有事に民兵をかき集める程度の統率力しかなくなっている。各国での王政の確立により、今日の友が明日の敵になってもおかしくない昨今、防衛力は必須課題のはずなのだが、『税収不足』という国王の判断から、ユベールが提案した専業軍人の育成は却下され、軍事力に優れたエスパニル王国との同盟により解決を図ることになった。

　優れた航海術で新大陸を発見し、次々と植民地を獲得したエスパニル王国には莫大な資産、そして強力な陸軍と海軍がある。一方で、他国とのいさかいが多かった歴史背景から西洋圏では孤立している節がある。この同盟で、フロレンスは有事の後ろ盾を、エスパニルは西洋圏への足がかりを得て、双方が利益を成すのは確かだ。が、ユベールは納得できないでいる。

「殿下、姉君が輿入れなさる寂しさはお察ししますが――」

「父上は同盟のために姉上を利用するのだ。自身は出自もろくに知れない愛人を后にしておきながら、王女に結婚の自由はないなどと、平然と言いきったのだぞ」

　思わず語尾を荒らげたユベールを、ガレオはなんとか宥めようとする。

「ソフィア殿下は、ユベール殿下の将来もお考えです。悲観なさっているようにはお見受けしません」

「姉上がエスパニル王妃になるころには、私もフロレンスの王だ。継続的な同盟のためには、姉上と、姉上の御子がエスパニル王国にいればこれ以上ないほど心強いのは確かだ。

しかし、姉上は輿入れのあとしばらく居心地の悪い思いをせねばならないだろう」

フロレンスとエスパニルにはそれぞれ大国としての強い矜持があり、そのぶん対抗心も否めない。王太后になるソフィアが表立って不当に扱われることはないはずだが、人間関係に悩まされることは避けられないだろう。

ユベールにとって、ソフィアは慈愛に満ちた姉であり、自分を産んですぐに早逝した母の代わりだった。明るく幸せな生活を送ってほしいのに、損な役回りばかりが彼女につきまとって、それを防げない己の立場に、胸を掻きむしりたくなるのだ。

現王妃デボラは、ソフィアとユベールの母である前王妃マリーに醜い対抗心を抱いていている。気品に溢れた才女であったマリーは、奉仕の精神も強く、貴族から平民まで皆に愛される王妃だった。何よりマリーを際立たせたのは、可憐な容姿とアルファ性だったことだ。

男女の性ともう一つ、この世には第二の性が存在する。アルファ、ベータ、オメガの三つがあり、偉人に多いとされるアルファ性は王侯貴族のあいだでもほんの一握りしか存在せず、ある種の崇拝を生むほど貴重視されている。フロレンス王国の建国王、そして王宮を建てた前国王もアルファ性であったために、マリーはその性でも羨望の的だった。対してイネアスは、短絡的な執政と目立たないベータ性で求心力に乏しく、前国王が選んだ伴侶のマリーに嫉妬する荒唐ぶりだったそうだ。それでも、マリーの献身の末ソフィアとユベールが生まれたが、マリーがユベールを身ごもるころには、イネアスはもうデボラを愛人にしていた。デボラは過食によって肥えていくイネアスの機嫌をとり、現実を忘れるほどの贅沢に引きずりこんだ。イネアスの耳と目を塞ぎ、私欲を満たすために利用するデボラは魔女とまで呼ばれ、イネアスが正気を取り戻すのを人々は祈ったという。だが、待望の長男ユベールが生まれても、イネアスのデボラに対する執心は変わらず、マリーが亡くなると、再婚だというのに盛大な結婚式を開き、デボラを王妃にした。

今でも、マリーの早逝を陰で嘆く者は多い。だからこそデボラは、ソフィアを酷く扱う。マリーと瓜二つのソフィアにはアルファ性が発現すると信じられ、ユベールもまた優秀で、アルファ性を期待されている。対して、デボラとイネアスの子トリスタンは、魔女の子と陰口を叩かれる始末だ。マリーの子ばかりに期待が集中するのを妬んだデボラは、腹いせにソフィアを蔑み爪弾きにしてきた。

それでも笑顔を絶やさずにいた、穏やかで可憐なソフィアだから、苦労をするとわかっている嫁ぎ先に行ってしまうのが、悔しくて心苦しい。

ソフィアは結局、ベータ性だった。ある意味気負わずにいられる性だとわかり、成人もして、王女としての生活を楽しむのはこれからのはずだった。

無意識に奥歯を噛みしめていると、扉の向こうからユベールを呼ぶ声がした。

ガレオが扉を開けると、そこには姉ソフィアがいた。ユベールと同じ金色の髪を花のように結い上げ、愛らしさと上品さが合わさった桃色のドレスを纏ったソフィアは、迫る結婚への不安も緊張も感じさせない明るい笑顔で、ユベールのほうへと歩いてくる。

さっきまでの会話はなかったかのように笑顔を浮かべ、恭しく手を差し出すと、ソフィアは嬉(うれ)しそうに笑ってユベールの手に手を重ねた。甲に口づけ、敬愛を示せば、王国一の美女と誉れ高いソフィアはさらに笑顔になった。

「姉上。とても素敵な衣装ですね」

「ありがとう。ユベールの衣装もよく似合っているわ。立派な王太子ね」

もうすぐエスパニル王国の一団が自分を迎えにくるというのに、ソフィアはユベールの様子を気にしてくれていたようだ。

「最初の印象が大事ですから」

エスパニル王国からの一団を、王宮の正面で出迎える大役を任された。これがユベールにとって外交の初舞台となる。緊張は隠していたつもりだが、ソフィアには気づかれていたらしい。

今日のために衣装も厳選した。選んだのは、爽(さわ)やかな水色地に銀糸が織り込まれた上着と、繊細なレースを重ねたクラバット。足元は紺色の靴下とベルベットの靴で引き締め、全体の装飾は飾り釦(ボタン)と最低限の刺繍(ししゅう)という落ち着いた装いだ。同世代の隣国の王子に、品格と親しみの両方を感じてもらえるよう考えた。

「今日来られるアロンソ殿下は、どんな方かしらね」

迎えの一団を率いるのは、エスパニル王国の第二王子アロンソだ。ソフィアの婚約者、王太子フェデリコ五世は結婚の準備に入っており、代わりに最も信頼する人物として弟のアロンソがソフィアを迎えにやってくる。

「剣術に秀でた方と聞いています。兄君ととても仲が良いようですから、アロンソ殿下を通してフェデリコ殿下のことが知れるかもしれませんね」

アロンソたち一団は三日後にソフィアを連れてエスパニル王国に戻る。限られた時間の中で、エスパニル王家のことをできるかぎり知らねばならない。それと同時に、フロレンス王家の好印象を与えたい。アロンソの心象はそのままエスパニル王家に伝わるのだ。

「そろそろおいでになります」

ガレオに声をかけられ、ユベールはソフィアに一礼して部屋を出た。長い髪を靡かせて大階段を下りながら、頭一つ以上背が高いガレオに訊ねる。

「一団は王太子の弟君アロンソ殿下と近侍、あとは護衛だけで変わりないか」

「そのとおりでございます。アロンソ殿下はバランセア侯爵の称号をお持ちです」

念のため、といった静かな口調で言われ、ユベールは喉の奥で小さく笑った。

「覚えているよ。ガレオは心配性だな」

確かに緊張してはいるが、国賓の爵位を忘れるほど取り乱してはいない。笑顔を見せて、心配性の近侍を安心させたユベールは、表情を引き締めた。

「アロンソ殿下はガレオと同じ年齢で、エスパニル王国きっての剣士と聞いている。私もできるかぎり親交を深めるつもりだが、ガレオもそうしてくれ。今のような政策が続けば、エスパニル王国との同盟は死活問題になる」

ガレオも王国屈指の剣士で、ユベールへの比類なき忠義はまさしく騎士道の精神だ。そんなガレオを稽古（けいこ）の相手に、剣術に励んできたユベールもまた優れた剣士だから、アロンソとは通じるものがあるだろう。三日間という短い時間で好印象を植えつけるには、ユベールだけでなく、将来的に右腕となるガレオにもアロンソの懐に近づいてもらう必要がある。

王族の部屋が集まる宮殿の中央部に囲まれた、王の中庭に出たユベールは、外務大臣を背にする形で、黄金の門を臨んで背筋を伸ばした。

広大な宮殿には数か所の出入り口がある。王の中庭は、王族に招かれた者だけが通ることを許される黄金の門の内にあり、王女を迎えにきた隣国の王子は当然、この中庭に到着する予定になっている。

「おいでになります」

ガレオの声がしたと同時に、エスパニル王国の象徴色である赤の上着を纏った一団が、こちらに向かってくるのが見えた。

四頭の馬に引かれた馬車を十人ほどの護衛が囲んでいる一団は、優雅さよりも勇敢さを放っているように感じた。世界の果てと信じられていた場所の先に大陸を発見し、広大な植民地を獲得した七つの海の覇者であるエスパニル王国の、威厳と自信がこの一団に込められている。

だがそれは、ユベールたちも同じ。二つの王家が百年越しに対面するのだ。笑顔の下で互いの矜持がぶつかり合うのは避けられないことだろう。

黄金の門を通り抜け、一列に並んだ一団は皆力強い体格で、護衛というより軍隊のようだ。近隣諸国で初めて海軍を創設したエスパニル王国では、陸軍と海軍が存在感を競い合ううちに世界で最強の軍隊が確立されていった。ただの警護兵が百戦錬磨の戦士のようであっても、なんら不思議ではない。

その中でもひと際引き締まった体格の男性が、青毛の馬から降りてユベールのほうへ足を向けた。

温暖なエスパニル王国の男性らしい小麦色の肌が健康的で、ほりの深い目元が凛々しい。そのひとは、高い襟の赤い衣装を纏い、立派な剣を腰に差している。堂々とした歩調でユベールの前に立ったのは、エスパニル王子アロンソだ。

目が合った瞬間、圧倒的な存在感を覚えた。容姿や振る舞いからだけではない。アロンソは、アルファだ。

本能が否応なしに優位の存在と認識する。第二の性が出現していないユベールのような未成熟の少年であろうとも関係ない。アルファ性は本能的な支配階級の性なのだ。

ソフィアの婚約者、フェデリコ五世がベータと聞いていたから、次男のアロンソがアルファだとは思っていなかった。身近で唯一のアルファはガレオだが、アロンソほどの存在感を覚えたことはない。子供のころからずっとそばにいたせいだろうか。もしかすると、アルファ性の発現には大小、あるいは強弱があるのかもしれない。

第二の性については、謎（なぞ）が多く残されている。わかるのは、アロンソのアルファ性は周囲の人間を本能的に刺激し、色々な場面で自然と主導権を握られてしまう可能性が高いことだ。

好印象を与え、親睦（しんぼく）を深めるのに、アロンソに巻き込まれていてはいけない。静かに気を引き締めるユベールの瞳を、アロンソの琥珀色（こはくいろ）の瞳が見据える。

「エスパニル王国、バランセア侯爵アロンソ、王女ソフィア殿下のお迎えに参りました」

王家の紋章が刺繍された三角帽子に手を添えたアロンソは、足を揃（そろ）え、背筋を伸ばし、気持ちがいいほど深く頭を下げた。頭一つぶん以上身体（からだ）が小さく、明らかに年下のユベール相手でも躊躇（ちゅうちょ）なく敬礼する姿には、エスパニル王家の厳格さが表れている。

そして、ユベールが何者か一目でわかるほどフロレンス王家を把握している事実も、知らされてしまった。

ほんの数か月前まで国交はなく、外交大使は着任したばかり。それでもユベールの容姿まで完璧に伝わっているなら、エスパニル王国の情報収集能力はかなり優れているということ。

やはり一筋縄ではいかないようだ。一瞬の間にそこまで観察したユベールは、異国の王子に両手を広げて歓迎する。

「フロレンス王宮へようこそ。私は王太子ユベールです。アロンソ殿下を心より歓迎いたします」

窓硝子が反射させる陽光を背に、フロレンス王家の象徴色である青の中でも若者らしい水色の衣装を纏ったユベールを、アロンソは眩しげに見つめた。その視線には王宮への羨望も王子としての対抗心もない。純粋にこの瞬間を脳裏に刻んでいるようだ。エスパニル王家にここでの出来事を正確に伝えるためだろう。淀みない忠誠心が、手に取るように伝わってくる。

「広間までご案内いたします。どうぞこちらへ」

「ありがとうございます、王太子殿下」

力強い容姿に反して穏やかな声音のアロンソは、踵を返したユベールの斜め後ろを無言でついてくる。

迎えの間を通り抜け、大階段を上っているあいだ、アロンソを振り返ると、大判の硝子を組んだ壁一面の窓や、色とりどりの大理石で装飾された大階段にも、特に感心しているようには見えなかった。十年ほど前に完成したというエスパニルの王宮も、最新技術と莫大な財を投じて建設されたはずだから、他の国からの客人ほど驚きはしないようだ。

それにしても、一言くらいは世辞を言えばいいのに。それとも、エスパニルの男性にとっては寡黙さが美徳なのだろうか。

どちらにしても、個人的な親交を深めたいのは変わらない。計画どおり、散歩に誘うことにする。

「上階の広間で国王と謁見していただき、その後は晩餐会までお部屋でお寛ぎいただければと思っておりますが、お疲れでなければ晩餐会の前に庭園を案内させていただけませんか」

にこやかに声をかけたが、アロンソの硬い表情が和らぐ様子はない。だが、

「もちろんです」

と、返事は色よいものだった。

社交的な性格でないのは、数分のやり取りだけでも容易に察せられる。それでも誘いを受けるということは、やはり王宮の内情を最大限に観察して帰るつもりのようだ。

アロンソほどの忠直さが、異母弟トリスタンにもあれば。しようのないことが頭をよぎり、慌ててアロンソに意識を戻す。

「国中から集めた花が一番綺麗に咲く時期ですから、ぜひご覧いただきたいと思っておりました」

微笑みかけると、アロンソはどこか眩しそうに目を細め、ユベールを見つめて階段の途中で立ち止まってしまった。

「アロンソ殿下?」

あまりに見つめられるものだから、みぞおちがくすぐったくなるような、落ち着かない気分になった。声をかけると、アロンソははっとして目を見開いてから、きまりが悪そうに視線を窓の外に向ける。

「とても日当たりの良い宮殿ですね」

採光の良さを褒めたアロンソだが、明るさに目が眩んだといった様子は皆無だ。もしや体調を崩していたのだろうか。心配になって一段下りると、アロンソはわざとらしいくらいぴんと背筋を伸ばした。

「もしお疲れでしたら、一旦お休みになりますか」

国賓だからというわけではなく、体調が悪いなら無理をせずに休んでほしい。本心を探るよう目元を見つめると、本当に平気だと言われてしまう。

「お気遣いありがとうございます。ただすこし、眩しかっただけです」

「そうですか」

平気だと言いきられては、信じるほかない。顔色は元気そうだから、案内を再開する。

「広間はこちらです」

階段を上りきり、ひと際大きな扉の前に立ったとき、俯きたくなるのを堪えなければならなかった。広間で待つのは父王イネアスと王妃デボラ、ソフィアと、一歳年下の異母弟トリスタンだ。ソフィア以外は向こう見ずな散財の権化のような出で立ちで待ち構えていることだろう。本当に国庫に金が湧いて出て、浪費しても間に合わないほどならそれでよいのかもしれないが、実情は違う。民衆からの搾取で成り立つ浪費は権威ではなく浅はかさの象徴でしかない。

「王太子ユベール殿下、エスパニル王国バランセア侯爵のお成り」

扉が開くと同時に響いた二人ぶんの称号を合図に、アロンソとともに広間に入ると、イネアスが豪奢な玉座に窮屈そうに座っているのが否応なしに視界に飛び込んだ。隣に座るデボラは極端に華美な衣装を纏っていて、トリスタンは王太子であるユベールよりも派手な衣装を着ている。規律正しいアロンソが鼻白んでしまわないか、内心案じながらも、ユベールはそこに不調和など存在しないかのように笑顔で一礼してから、冷静な表情で王家側に並んだ。

「エスパニル王国バランセア侯爵アロンソ、国王フェデリコ四世より同盟批准書を預かり参上いたしました」

背筋をぴんと伸ばし、深く頭を下げたアロンソは気品に溢れ、その存在感は広間にいる者すべての視線を釘づけにした。義理の弟となるアロンソの姿を初めて見たソフィアの心情が気になり、横目でちらりと表情を窺うと、アロンソを通して婚約者の前向きな想像を膨らませているのが伝わってくる気がした。

「フロレンス王国へようこそ」

歓迎の言葉に続いて、王妃から順に紹介していったイネアスは、最後に同盟の主役であるソフィアを紹介する。

「我が麗しの娘、ソフィアです」

立ち上がってソフィアの手を取ったイネアスが、娘の美しさに誇らしげなのを見て、デボラが不服そうな顔をした。

場をわきまえられない義母に呆れて天を仰ぎそうになるのを堪え、微笑みを保ったままアロンソを見れば、義理の姉となるソフィアに深々と敬礼をしていた。デボラの厚顔無恥な態度に気づいた様子はない。このまま、王家の歪な関係にも気づかないでくれればよいのだが。

「兄フェデリコが、王女の到着を心待ちにしております」

あまり表情豊かとはいえないアロンソが、嬉しそうに微笑んだ。きっと兄弟仲が良く、フェデリコ五世が本当に楽しみにしているのだろう。兄の婚約者を、国を代表して迎えにきたことも誇らしく感じているのがわかる。偽りない祝福の笑みに、ソフィアも幸せそうに笑った。

懸念に反し、形式的な顔合わせは恙(つつが)なく終わり、ユベールの役目も一旦終わりとなった。国賓の客室へ案内されていくアロンソの姿が広間から消えたときには、思わず溜め息を溢(こぼ)していた。

初めての外交の席に、神経質になっていたかもしれない。反省していると、ソフィアに腕を軽く摑(つか)まれた。

「アロンソ殿下は立派な方だったわね」

内緒話をするように、小声でそう言ったソフィアは、婚約者への期待を高まらせていた。

「晩餐会の前に殿下と散歩に出かける予定です。姉上もご一緒にいかがですか」

「弟君とはいっても婚約者以外の男性とあまり親しくするわけにはいかないから、ユベールに任せるわ」

可憐に微笑んだソフィアに応(こた)えるためにも、実りある散歩にしなければ。

頭の中でそう唱えながら散歩に臨んだ。待ち合わせた列柱回廊にやってきたアロンソは、乗馬靴から正装靴に履き替え、三角帽子を脱いでいて、出迎えたときよりもすこし親しみやすい印象に見えた。襟足で揃えられた黒髪をざっくりと撫(な)でつけた髪型が、フロレンス男性のような長髪やかつらのように気取っていないからかもしれない。

「部屋はお気に召したでしょうか」

「とても。すっかり寛いでいました」

「それはよかった」

アロンソの表情は硬いままだが、ユベールはにこやかに庭園へと足を向け、いざ散歩へと出かけた。

人工池と噴水を中心に左右対称に広がる庭園は広大で、一番遠いところに行くには馬が必要になるほどだ。すべては見せられないので、一番気に入っている場所へと案内することにする。

噴水の手前で西の方へ曲がり、円錐形に整えられた等間隔の木々を通り抜けると、垣根の先に果樹園がある。この季節はさくらんぼやりんごの木にたくさんの花が咲いて見目美しく、爽やかな香りに癒されるので、数日に一度は足を運んでいる。花園ほど派手さはないから、人気の場所ではないけれど、愛らしい花の時期も果実がなる季節も、皆の散歩道になればいいのにと思っている。

「ここはあまり人が来ないのですが、私はとても気に入っています。この時期は小さな花が愛らしくて、秋になるとりんごがなりますよ」

「りんごですか。花を見るのは初めてです」

白くて小さな花々を眺めていると、風がりんごの木を揺らした。途端に甘い香りがして、アロンソの表情が心なしか柔らかくなった。

「エスパニルで収穫できる地域となると、北部だけでしょうか」

「ええ。残念ながら王都ではりんごは栽培できません。ですが、オレンジはよく育ちます」

　エスパニルはフロレンスの南側に位置するから、とれる作物も違ってくる。ユベールにとってオレンジは温室なしに越冬ができない貴重な果実だが、アロンソにとってはりんごの花が珍しい。硬い印象が目立っていたアロンソが、興味深そうに微笑むのを見ていると、異国の王子に対する純粋な興味が湧いてきた。

　爽やかで甘い香りに心をほだされたのは、アロンソだけではなかったようだ。

「先ほど提げていらした剣は見事でした。剣術は幼少のころから学んでいらしたのですか」

「子供のころから剣術は好きでしたが、兄の役に立ちたくて、より稽古に励むようになりました。兄は、剣術より技術や芸術に熱心なので、私が剣術と戦術を学び、兄を支えたいと考えたのです」

　迷いのない言葉は、兄に対するアロンソの淀みない忠誠心だった。信頼し合う、仲の良い兄弟なのだろう。

「王太子殿下は、立派な方なのですね」

「慈悲深く、民衆に愛されています。私はそんな兄を心の底から尊敬し、兄に仕えるために生まれてきたと信じています」

アロンソたち兄弟の強い絆が、眩しく感じられて仕方なかった。ユベールにもアロンソのような家族がいてくれれば、どれほど心強いだろうか。

異母弟トリスタンとの水と油のような関係が脳裏に浮かび、無意識に表情を曇らせたユベールに、アロンソが穏やかな視線を投げかける。

「ユベール殿下も、志高い王太子として民衆の支持を集めていらっしゃると聞きました」

見上げた琥珀色の瞳には、フェデリコ五世に対するものと変わらない、王太子という責務を負った者への敬意が映っている気がした。

「責任を果たすための努力は惜しんでいないつもりです」

自負があると、正直に言えば、アロンソは深く頷いてから微笑んだ。

「殿下はとても聡明でいらっしゃる。国王陛下から熱心に学ばれているのでしょう」

フェデリコ五世は父王から王太子としての在り方を学んでいるのだろう。ユベールもそうだと信じて疑わないアロンソの勘違いは、フロレンス王家の好印象に繋がるのだからある意味助かるのだけれど、どうしてもそうだとは言えなくて、笑顔で返すのが精一杯だった。

そのあとは剣の好みや、どんな稽古をしているのかなどを話しながら、さきほど待ち合わせた列柱回廊に戻った。そこで別れ、アロンソが彼の近侍とともに部屋へ戻っていくのを見送ったユベールは、自室へ戻りながらガレオに指示を出す。

「明日は同盟の調印式だ。夜には姉上の婚約を祝した晩餐と舞踏会もある。なんとかもう一度、アロンソ殿下との時間を作っておきたい。今夜の晩餐までにアロンソ殿下の近侍と時間を調整してくれ」

「かしこまりました」

すこし話しただけでも、アロンソが忠義と情に厚い性質なのがよくわかった。ユベールが近しくなれれば、アロンソはソフィアを、義理の姉としてだけではなく友の姉としても味方してくれるようになるだろう。友人を作ろうとしたことがないから、正直に言うと公務よりも精神的に疲れるのだけれど、弟としてできるせめてものことだ。

身支度を整え直すあいだに、ガレオは翌日午後の手合わせの約束をとりつけてくれた。そして迎えた晩餐会では、アロンソはイネアスとソフィアのあいだの席に着くことが決まっていたので、ユベールはテーブルを挟んで向かい側から、イネアスが陳腐な自慢話を始めないことを祈るしかなかった。この不安は、晩餐の席では杞憂に終わる。イネアスもさすがに、同盟の根本が己の悪政にあると理解しているのかもしれない。

孔雀のはく製から、色とりどりのジュレまで、芸術品のように飾られた豪勢な料理は、少なからず印象的だったようで、アロンソは一つ一つの味にも興味を見せていた。

食事に集中してあまり話そうとしないアロンソだったが、ソフィアが話しかけると彼にしてはにこやかに返事をしていた。ソフィアの社交的な性格と可憐な笑顔は、どんな堅物の心も溶かしてしまう。そして、そんな素晴らしい素質を鼻にかけないところがまた、人々に愛される理由だ。

晩餐会も恙なく終わり、歓迎の宴は大広間の舞踏会へと移った。フロレンス王宮は世界の宮廷文化の最先端と謳(うた)われるほどで、その中でも音楽と舞踊の発展は類を見ない。弦楽器の奏でる音楽が優雅に響く大広間で、貴族たちはこぞって踊りの腕前を披露する。

曲と踊りは対で作られ、種類も多く、他国から伝わってきたものもある。踊りは教養の一部であり、舞曲の冒頭を一節聞いただけで身体が勝手に踊りだすほど熟知しているのが、高貴な身分の表れとされている。

踊り好きのソフィアと一緒に数曲踊ったユベールは、壁の花になってしまっているアロンソに声をかけた。

「長旅でお疲れでしょう」

言ってから、疲れが原因でないことに気づいた。晩餐会と舞踏会の対が祝いの席の定番となって久しいせいで失念していたが、エスパニル王国には外国の踊りが伝わっていない可能性が高い。百年前、唯一国境で接しているフロレンス王国と背を向け合ったエスパニル王国は、近隣諸国との外交を続けるフロレンス王国の壁を乗り越えられず、西洋圏では孤立していた節がある。他国の王宮文化が流入することもなく、舞踏会も発展しなかったはずだ。

　気まずい思いをさせてしまったかと、一瞬は危惧したものの、訪れた国で宴に招かれれば、現地の風習に倣うのが外交の礼儀だ。アロンソもよくわかっているようで、特に気にした様子はない。

「エスパニル独自の踊りしか知りません。といっても、残念ながらあまり得意ではないので、舞踏会ではいつも見ているだけです」

　正直にそう言ったアロンソは、踊りの輪にいるソフィアに視線を向ける。

「王女は見事な踊り手ですね」

「子供のころから筋が良いと評判でした。姉の踊り好きもなかなかのもので、幼いころは、やっと歩けるようになった私を練習相手に引っ張りだしていたとか」

　乳母の大げさな思い出話だとは思っているが、ユベールはそれほど幼いころからソフィアと踊りの練習に励んできた。

「王女にはぜひ、フロレンスの踊りを我が国に伝えていただきたいものです」

　頭一つぶん背の低いユベールを見下ろす琥珀色の瞳は真剣そのものだった。

　今回の同盟でエスパニル王国は、いつかは障壁であったフロレンス王国を足がかりに、西洋圏の国々との関係を構築していくつもりだろう。そのためにはフロレンスの王宮文化を輸入する必要が出てくる。ソフィアが芸術に明るいのはアロンソたちにとって好都合だ。

政略結婚とは、得てしてそういうものだ。ユベールも、アロンソだって、近い将来に利益の望める婚姻を結ぶことになるだろう。

頭では理解している。だが、心はなかなか追いついてくれない。

「姉は、フェデリコ殿下とうまくやっていけるでしょうか」

弟としての不安が口をついて出てしまった。瞳を揺らすユベールに、アロンソは今まで見せなかった柔らかい微笑みを向ける。

「エスパニルの男は、家族を何よりも大切にすることを誇りとします。伴侶を最も大切にし、子はもちろん兄弟姉妹も、自分を育てた親と等しく尊重します。兄はまごうことなきエスパニルの男です。王女を誰よりも尊ぶでしょう」

フェデリコ五世もアロンソも、家族を大切にするエスパニルの男だ。自信を持ってそう言ってから、アロンソははっとして付け加える。

「フロレンスの男性ももちろん、同じようにお考えでしょう」

ユベールたち王家の不協和に気づいてしまったのか、もしくは最初から知っていたのか。向けられた微笑に気まずさを感じた。

「そうですね。私にとって最大の望みは姉の幸福です」

家族を思う偽りない気持ちだ。笑顔で応えれば、真摯な視線が向けられる。

「兄を慕い支えるのと同じように、王女をお支えします」

紛れもない誓いの言葉だった。これからソフィアは、エスパニル王家の結束に支えられ、守られていく。デボラの陰湿さに悩まされる今の生活より、あるいは明るい日々が待っているかもしれない。

ほっと安堵（あんど）の溜め息が零（こぼ）れそうになったとき、トリスタンがこちらへ近づいてきた。

「アロンソ殿下」

軽く頭を下げただけで話し出そうとする異母弟の態度に呆れ返るユベールの隣で、アロンソは平然と小さく頭を下げた。

「踊りに参加されていませんが、もしかして踊りを知らないのですか」

ろくに武芸の稽古もせず、我（わ）が儘（まま）放題に育っているトリスタンは、あろうことか国賓であるアロンソを小馬鹿にしたような口調でそう言った。

宮廷文化を鼻にかけている者ほど、エスパニル王国やその他の国々を洗練されていないように言って見下そうとする。それこそが狭量の表れとも気づかずにいる愚者の真似（まね）をしているのか、ともかくトリスタンの発言は許されるものではない。

ソフィアと一緒に育ったユベールと違い、トリスタンだけはデボラの選んだ乳母に育てられている。しかも、まだ年齢に達していないのに勝手に王宮を出入りして、己の立場を完全に勘違いしているのだ。王家の子にふさわしい規律を学ばせなかったのはデボラの責任かもしれないが、トリスタン自身にも、王族という責任ある立場に生まれた自覚が足らなさすぎる。

「異母弟の無礼をお許しください」

トリスタンの非礼を代わりに詫びれば、アロンソは問題ないと微笑んだ。

それでも自分の間違いに気づかないトリスタンが不服そうな顔をする。これ以上外交の場を汚されたくない。そばに控えているガレオに視線を送ると、ガレオは迷わずトリスタンに声をかけた。

「失礼いたします。殿下、あちらにいらっしゃるご令嬢が、先日のお礼を申し上げたいと」

「先日の礼？」

方便なのはアロンソの目にも明らかだろうけれど、トリスタンはガレオに先導されて離れていった。

「作法を一から学び直す必要があるようです」

学び直すというより、一から学ばねばならない。第二王子といってもいつかは爵位に就くのだ。あのままでは存在自体が王家の恥になる。

王家の恥晒しは現国王、王妃の代で終わってもらわねばならない。自分への課題としても、改めて肝に銘じるユベールに、アロンソは問題ないと微笑する。

「多感な年ごろというのは、誰にでもあるものです」

若気の至りのせいにして、この場を収めてくれた。アロンソの厚意に甘え、ユベールは微笑みを返してから、視線を舞踏の輪に戻した。

しばらくして宴は終わり、アロンソはおおむね満足した様子で部屋に入っていき、ソフィアも、大好きな踊りで心地よく疲れた様子で自室に戻っていった。ユベールも、入浴の準備が整っているだろう自室へ戻ろうとしたとき、王家の部屋のあいだを貫く廊下で、背後からデボラに呼び止められた。

「トリスタンとアロンソ殿下の会話を邪魔していましたね」

振り返ると、分厚い白粉（おしろい）が塗られた、強欲な性質が表れているとしか言いようのない吊（つ）り目顔が不満を露（あら）わにしていた。

「トリスタンがアロンソ殿下に無礼を申したので、私が殿下にお詫びしたまでです」

「失礼など申すわけがありません」

言いがかりを否定されて青筋を立てるデボラに、呆れるしかなかった。

「我が異母弟は女王陛下とよく似た話し方をします」

貴族と呼べるのかも怪しい出自のデボラは、王家には似つかわしくない話し方をする。今の嫌味は話し方ではなく人と話す姿勢のことだが、話し方だって女王という立場にいるからには正す努力をするべきだった。痛いところを突かれた自覚はあるのか、デボラは吊り目をさらに吊り上げて下品な足音を立てて部屋へと入っていく。その途中で、極端に幅の広いドレスの裾をユベールにぶつけることを忘れないのがまた、意地汚さを誇張している。

だが、父王イネアスが容認してしまっている以上、ユベールにはどうしようもない。

どこまでも気分の悪い存在だ。そして、正そうとしない、むしろ加担している父親を嘆かなければならない惨状が悲しい。

ユベールだって、父を誇りに思いたいし、デボラのことだって悪く思いたいわけではない。ただ、好意的に見る努力もできないほど、惨憺たる内情なのだ。

胸の中に嫌な痛みを感じながらも、ユベールは明日に備えるため急いで自室に戻った。

庭園の中央大階段を下りてすぐ、噴水の前でアロンソと手合わせの待ち合わせをしていたユベールは、時間より早く到着するつもりで部屋を出たが、大階段を下りる前にアロンソと鉢合わせてしまった。ユベールの姿を捉えた瞬間に、アロンソは深く頭を下げ、ユベールが目の前まで来るのを待った。

どこまでも謹厚な王子だ。この清高さを、ほんのすこしでもいいからトリスタンに分けてもらえればいいのに。しようのないことを一瞬、考えてしまったのを隠し、笑顔で応える。

「殿下をお待ちするつもりで部屋を出たのですが」

　客人なのにユベールを待つつもりでいたアロンソの几帳面さと、その上をいけなかった自分を揶揄してみれば、冗談のつもりだったのに真面目な答えが返ってくる。

「王太子殿下をお待たせするわけにはいきません」

　姿勢正しく立つアロンソに歩き出すのを待たれてしまい、ユベールは笑顔を保ったまま階段へつま先を向けた。

　並んで階段を下りていると、すれ違う女性たちがお辞儀をしてからアロンソに熱い視線を送るのを感じた。一団が到着するまでは、エスパニル王国がどれほど友好的なのか懐疑的だった王宮の住人も、アロンソの折り目正しい姿勢に好感を覚えずにはいられないのだろう。それに、アルファ性の存在感はやはり特別で、男女問わずどうしても視線が向いてしまう。年ごろの女性たちの視線はもうすこし露骨で、エスパニル王国の莫大な資産がついてくる美男に見初められたいという欲求が滲み出ている。

「婦人たちはすっかりアロンソ殿下に夢中のようです」

　アロンソが気づかないはずもないので、あえて言ってみれば、苦笑が返ってくる。

「無礼のないよう気を張るので精一杯ですよ」

　本当に社交の場が苦手だったようで、女性たちが熱い視線を送るのは無理をした自分だとアロンソは言った。確かに女性と二人きりになっても、会話は弾まなさそうだし、昨日の散歩も今も、ユベールが話しかけないと会話が成り立たない。親睦を深めるのに手合わせを選んだのは正解だったようだ。

「私も宴より剣を交えるほうが楽しいと思います」

笑顔で賛同すれば、ほっと安堵の微笑が返ってきた。

階段を下りて、噴水の横手で向かい合うと、アロンソは上着を脱いだ。

上着の下は、フロレンス王国では随分前に主流でなくなった、腰丈の短い胴着だった。野暮ったく見えてもおかしくないのに、立派な体型に沿って仕立てられているおかげか上着を着ているときよりも逞しく見える。

羨ましいほどの体格だ。と心の中で呟いてから、ユベールはガレオに持ってこさせていた手合わせ用の剣を一振り、アロンソに渡す。

「同盟締結の喜ばしい日ですから、今日の手合わせはこの装飾剣でよろしいでしょうか。刃は研がれていませんが、基本の剣とそう変わらないものです」

用意していたのは、鋭くないだけで長さも重さもフロレンス式の標準的な剣だ。当たれば痛いし青あざもできるが、切り傷だけは避けられる。説明しなくともアロンソは了解した様子で剣を受け取り、さっそく鞘から抜いて刃を確かめている。

「ほどよい重さですね」

「殿下が普段お使いの剣は、もっと重いのですか」

「剣士の基本は私が提げてきた、もうすこし幅広の長剣と、細い短剣です。日々の訓練は短剣から鎌形剣、両刃の長剣まで一通り。火薬がどれほど進歩しても、戦いにおいて最後まで身を守るのは剣だと考えています」

実戦を想定して鍛えているのだろう。もし戦場に立ったなら、安全な場所から指示を出すだけではなく、戦士の一人として戦う覚悟があるということか。

「手強い剣士に手合わせを申し込んでしまったようですね」

冗談交じりに言えば、アロンソはとんでもないと言って微笑した。

適度な距離をとって向かいあい、いざ刃の先を交えると、アロンソの琥珀色の瞳に全身を捉えられるのを感じた。動きの一つ一つを見逃さない真剣な眼差しは、ユベールの癖をすぐさま見破ってしまう。

どれほど攻めに踏み込んでもかわされ、それも、手心を加えていると感じさせない配慮までされている。まったく歯が立っていないわけではないけれど、一日中挑んでも隙をつける気がしない。

軽く汗をかくまで剣を交えて、さすがに腕が疲れてユベールのほうから降参した。

「聞きしに勝る腕前ですね。私では歯が立ちません」

「殿下はまだお若いだけです」

経験値の差と言って気遣いを見せるアロンソは、まだまだ剣を握り足りないようだった。

「ここにいるガレオは、実は腕のいい剣士なのですよ」

予定どおり剣術の腕を紹介すると、ガレオは遠慮がちにアロンソに向かって頭を下げた。

「そうではないかと思っていました」

立ち居振る舞いから察していたと言って、アロンソは手合わせを期待する視線をガレオに向ける。

「私の代わりに本物のフロレンス式をお見せしてくれ」

剣を渡すと、ガレオは腰を低く保ったまま前に出た。信頼できる剣士と判断したのか、アロンソのほうから積極的に攻めの姿勢に入る。

鋭い剣戟が、気持ちいいほど遠くまで響く。アルファ性の優れた剣士同士の手合わせは、激しくも優雅で、ユベールはいつの間にか夢中になって見入っていた。アロンソもガレオも生き生きとして、二本の剣はまるで命が宿ったかのように躍動して見える。

刃を交える二人の、互いへの敬意と共感が、ユベールにまで伝わってくるようだった。気づけば散歩をしていた貴族が幾人も足を止めていた。

見物人の輪ができかけて、それに気づいたガレオの集中が途切れた瞬間、アロンソが隙をついてガレオの手から剣を弾いた。

音を立てて剣が地面を叩き、決着がついた。同時に拍手が起こり、ユベールも思わず二人に拍手を送る。

剣士たちは二人とも、その腕と反して謙虚な性格で、思いがけない観客が口々に褒め称(たた)えるのに遠慮がちな微笑で応えていた。

「素晴らしい手合わせでした」

笑顔で称えると、アロンソは嬉しそうに笑んでガレオに視線を向ける。

「好敵手のおかげです」

「おそれいります」

刃で語り合うとはまさにこのことを言うのだろう。会話は特に始まらないのに、アロンソとガレオのあいだには静かな共感が生まれていた。

「私も名剣士の輪に入れてもらえるよう、鍛えなければなりませんね」

一人だけ格下だったのは明らかだから、あえていじらしく言ってみれば、アロンソは彼らしい落ち着いた笑みを浮かべる。

「二、三年もすれば、私は殿下に尻(しり)もちをつかされますよ」

大柄なアロンソを後退(あとずさ)りさせるだけでも一苦労だろうに。硬い印象が先だっていたアロンソの優しい冗談は、ユベールの心の壁を一瞬のうちに溶かしてしまった。

「私のことは、ユベールとお呼びください」

自然と、名前で呼んでほしいと言っていた。立場と年齢を考えれば、名前で呼び合ってもいい関係だ。でもそれが理由ではない。単純に、近しくなれた気がしたのだ。

ほんのすこし驚いた顔をしてから、アロンソはユベールに向き直った。

「ユベール」

穏やかでいて、どこか嬉しそうな声音で名を呼ばれ、くすぐったく感じた。そういえば、家族以外で自分の名を呼んだのはアロンソが初めてだ。

ソフィアがもたらす、異国の親戚か。実感が湧いて、笑顔になったユベールを、琥珀色の瞳が見つめる。

広大な庭園を背にして笑うユベールを、アロンソはなぜか視線が外せなくなったように見つめ続けた。昨日も同じように見つめられて、あのときは観察されているのだと思ったけれど、そうでなかったのと、今回もそうでないのは、感覚的にわかる。

では、どうして見つめられているのか。瞳を揺らしかけたとき、アロンソがぽつりと呟いた。

「こんなに美しいひとは初めて見ました」

驚きに目を見開けば、それに気づいたアロンソがはっとしてきまりの悪そうな顔をした。

「男性を美しいと言うのが、フロレンスでは失礼でなければよいのですが」

ふいに口をついた感嘆が、女性が喜びそうな言葉だったのを詫びるとは。過ぎるくらい真面目な王子に、思わず笑ってしまいそうになった。

「ありがとうございます」

己の容姿が人々を惹きつけることには自覚がある。が、アロンソに褒められたのは正直、意外だった。面白いのは、言った本人のほうがより意外そうにしていることだ。

「エスパニルでは男性の美貌を褒めないのですか？」

フロレンスの男性は美を求めて花柄や淡い色合いの衣装を積極的に取り入れるし、化粧やかつらで飾る者だっている。アロンソと一団を見るかぎり、エスパニルの男性は美より雄性を表に出すのを好むようだが、それにしてもアロンソの動揺ぶりが可笑しかった。

「どうでしょう。私は初めて褒めました」

アロンソはついに、苦笑して俯いてしまった。正直に答えてくれるわりには随分気恥ずかしそうで、ユベールが話題を変えるのを待っているように見える。

照れが気まずさに変わってしまっては困るので、この後の予定について話すことにした。

「今夜の晩餐会は、姉の好物ばかりの予定です。フロレンス中の甘い菓子が揃うでしょうから、楽しみにしていてください」

屋内へ向かって並んで歩き出すと、アロンソはもう恥ずかしそうにはせず、凛々しい容貌に爽やかな微笑を浮かべていた。

同盟の調印式が行われ、フロレンス王国とエスパニル王国は晴れて同盟国となった。エスパニルから届いた祝いの品である、新大陸の果樹が披露され、試食も振る舞われた。世紀の同盟に王宮はいつになく湧いて、そして陽が落ちたころ、独身のソフィアとの最後の舞踏会が幕を開けた。

自ら選んだ曲が順に流れるのに合わせ、ソフィアは休むことなく踊り続けた。ユベールももちろん、できるかぎり輪の中にいて、最愛の姉が可憐に舞う姿を目に焼きつけた。

ソフィアが踊り疲れ、友人と一緒に好物のマカロンを食べはじめたころには、緩やかな曲に変わっていて、徐々に大広間から人が減っていった。女友達と談笑しているソフィアを邪魔したくなくて、遠目に楽しげな姿を眺めていると、アロンソのほうから声をかけてきた。

「今夜の宴も盛大でしたね」

「ええ。晩餐から選曲まで、姉の好きなものばかりでした。普段はとても慎ましい人ですから、今夜くらいは我が儘を言えばいいと、私が勧めたのです」

ソフィアが次にフロレンス王国の土を踏む日がいつになるのか、わからない。西洋圏の王政下では、基本的に女性には自立した身分がなく、考え方として妻は夫の所有となる。エスパニル王国も例外ではない。よって、ソフィアが母国に旅をできるかどうかは、夫となるフェデリコ五世や、義父になるフェデリコ四世が許可するかどうかにかかっているのだ。

だから、せめて今夜くらいは、ソフィアの望むとおりであってほしいと願った。

感傷的な話し方をしてしまった。明日に迫った別れに、寂しさを隠しきれなくなっているのだ。社交の場で感情を律せない自分の未熟さを感じながらも、胸の痛みに抗えずにいると、アロンソがこちらに向き直り、胸に手を当てた。

「兄は必ず、王女を幸せにします」

フェデリコ五世は誠実な男だと、アロンソは言いきった。兄に対する信頼と忠誠心を懸けた言葉には疑いようのない重みがあって、寂しさに波立つ心に錨を下ろすようだった。

「そして、王女の幸せがユベール、あなたの幸せなら、私はあなたを幸せにするために、兄を支え、王女を支えます。私たちは家族になるのですから」

琥珀色の瞳はこれ以上ないほど真剣で、けれど慈愛に満ちていて、痛んでいた胸を熱くさせた。アロンソとだって、今度いつ会うか、次に会う日がくるのかどうかもわからない。それでも、家族としてユベールの気持ちを顧みてくれる。

ソフィアは幸せに生きていく。その確信を、アロンソはくれたのだ。

「手紙を楽しみにします。姉からも、アロンソからも」

ソフィアの幸せな日々が綴られた手紙を読む自分が想像できる。そして、アロンソともときどき文通ができれば、隣国の『家族』を、身近に感じ続けられるだろう。

「王女の健やかな生活を伝えます」

過ぎるほど律義な答えに、思わず白い歯をこぼした。生真面目なアロンソからは、ソフィアの生活に関する報告書のような手紙が送られてきそうだ。

「アロンソの近況もぜひ教えてください」

念のため付け加えると、意図を察したらしいアロンソも歯を見せて笑った。

ソフィアはそのまま、夜明けまで女友達と過ごして、朝の礼拝ではあくびを堪えていた。そんな姉を見るのは初めてで、羽目を外してみたかったといったところだろう。羽目を外すといっても、菓子とシャンパンでいつになく贅沢をしたくらいで、王宮の他の住人と比べればそれでも慎ましい夜更かしだった。

出発の見送りには、王の中庭に王宮中の貴族が集まった。まずは護衛の一団と合流するアロンソに、同盟国の王としてイネアスが別れを告げ、エスパニル王太子妃となるにふさわしい衣装を纏ったソフィアは、ユベールが手を取り、馬車まで同伴した。

「姉上、良い旅になるよう、お祈りしています」

笑顔で見送るつもりだったのに、気を張っていないと涙が零れそうだ。誤魔化すようにソフィアの手の甲にくちづければ、ユベールが頭を上げるのを待っていたソフィアに、きつく抱擁された。

「良心を忘れないで。立派な王になってね」

身体を離したソフィアは、ユベールの頬に手を添え、同じ色の瞳を見つめた。エスパニル王家に嫁ぐのは国のためではあるが、ソフィアにとってより大切なのは、ユベールが無事王となることだ。一生語られることはない本音が、痛いくらい伝わってくる。

「必ず。約束します」

ソフィアの覚悟に報いてみせる。強い意志を宿した瞳で見つめ返せば、最愛の姉は人懐っこい笑顔を浮かべ、馬車に乗り込んだ。

馬に乗っているアロンソを見上げると、ユベールの意思を無言のうちに受け止めて、小さく頷いて返してくれた。ユベールのためにも、ソフィアを支えるという誓いを真摯な視線に込めて。

遂に一団が出発した。蹄鉄が石畳を叩く音が響いた瞬間、喉がきゅっと締まる感覚がした。黄金の門を通るまで、一団の後ろ姿を見送っていたけれど、胸がきりきり痛みだし、耐えられなくなって遠ざかっていく馬車に背を向ける。

自室まで急ぎ、すかさずついてきたガレオが開けた扉を通った瞬間、視界が歪んでそれ以上歩けなくなった。

息をするのも辛くて、一番近いところにある椅子の背を支えにしないと立っていられない。心配したガレオに「殿下」と呼ばれ、平気だと言いたいのに声がうまく出せない。

「私は貴族社会に再び秩序をもたらし、民を豊かにする王になる」

一息で言いきった瞬間、頬を大粒の涙が伝った。次々に溢れだす雫を手の甲で乱暴に拭うユベールに、ガレオは真剣な眼差しを向ける。

「殿下なら必ず、素晴らしい王になられます」

疑いようがないと言われ、納得できると思ったのに、涙は止まらない。ソフィアとはもう二度と逢えないかもしれない。王になった自分を見せることができないかもしれないと、不安が次々と湧いて止まらない。

その日は夜になっても、食事が喉を通らないままだった。それほど、ソフィアがいなくなった王宮は寂しくて、無償の愛で包んでくれる家族がいない不安は凄まじかった。

十八歳になり、背が伸びて顔つきも大人になったユベールは、王宮の膝元の街に、ガレオとともに出向いた。最低でも月に一度は街を訪れ、市井の生活を見て回るが、今日は気乗りしない用で赴いた。浮かない心を知る由もない民衆は、王家の紋章が描かれた馬車に乗っているのがユベールだったことに気づくなり、歓声を上げて手を振ってくる。最近では、王侯貴族の馬車が通ると罵声が聞こえることもあるという。理不尽な重税は確実に市井の生活を蝕んで、ユベールの戴冠だけが民衆の希望になっているといっても過言ではない状況だ。

「グラスに注ぎ続けた水が、いつ溢れるのかを眺めているような気分だ」

向かいに座っているガレオに言えば、苦い表情が返ってきた。

「父上に対する不満が高まっている現状で、王宮でのデボラとトリスタンの態度を知れば、民衆は間違いなく蜂起するぞ」

イネアスの迷走は悪化の一途を辿り、王宮はもはやデボラの天下と化している。第二王子のトリスタンはデボラの威を借りて王太子気取り。ユベールの怒りが臨界点に達しているることだけはかろうじて察しているらしいイネアスは、本来なら王太子は参加しない議会にユベールを加えることにより、ユベールと折り合いをつけている気でいる。

「私の戴冠まで、保たないかもしれない」

イネアスが王位に就いていることに自体に不満があるわけではない。合理性と良心を思い出し、尊敬に値する王になってくれたなら、王太子という、本当なら感謝すべき立場に苛立つこともないのだ。

「もし私がアルファ性なら、魔女は理不尽にも腹を立てて、横暴が悪化するだろうな」

馬車が目的の場所に到着した。深い溜め息をついたユベールは、ガレオを引き連れて小さな屋敷に入った。

庶民の家屋に、高価に見えなくもない派手な絨毯や燭台を置いているような、ちぐはぐな印象の屋敷だ。品が良いとはお世辞にも言えず、眉間の皺を深くするユベールを、屋敷の主人が出迎える。

「お待ちしておりました、王太子殿下。準備は整っております」

恭しく頭を下げるこの屋敷の主は、それなりの身なりをしているが如何わしいと感じずにはいられなかった。場所のせいかもしれない。この屋敷は、娼館だ。ユベールは今日、第二の性を確かめにきた。

アルファは支配階級の性として知られ、オメガを本能的に番にできる特性があり、ベータ性には特出した性質はない。そしてオメガは、発情によって人々を肉欲に惑わす存在として迫害の対象とされてきた。古い時代からオメガは催淫効果を持つとして売春の対象になる場合が多く、オメガに会いたければ娼館に行けばいいと言われるほどだ。フロレンス王国では、娼館は徴税対象で、納税する売春人は公娼と呼ばれている。

複数のアルファが住まう王宮には、アルファ性を誘惑するオメガの立ち入りが禁止されている。そのため、ユベールのように第二の性が確定する年齢の貴族は、こうして娼館を訪れ、第二の性を確かめるのが慣例となっている。

「手短に済ませたい」

ガレオが言えば、娼館の主は腰を低くして奥の部屋へと案内する。

「もちろんです。どうぞこちらへ」

この娼館には爛れた生活を送る貴族が出入りしているらしく、主にとっては貴族など見慣れた類の人間だろうに、ユベールの来訪は気まずく感じているように見える。公娼による売春業は王国の認めるところではあるけれど、品行方正で知られる王太子の来訪となると、落ち着かないのだろう。

主が廊下の一番手前側にある部屋の扉を開いた。中には発情中のオメガ性の公娼がいる。もし第二の性がアルファなら、抗いがたい性欲に駆られるはずだ。公娼のいる部屋に入っていくのは、性的行為に嫌悪感を募らせているユベールにとって、気の重い瞬間だった。

「殿下、私はここで控えております」

珍しいことを言うガレオを振り返ると、危険を察知したような、本能的に何かを避けようとしている表情をしていた。

「もう答えはわかったようだな」

ガレオはアルファだ。そして、部屋の中にいるオメガの発情にあてられている。何も感じないということは、ユベールはベータだ。

「ここまで来たのだ。はっきりさせておこう」

意外なほどほっとした心持ちで部屋に入ると、そこには寝台の上で苦しそうにうずくまる華奢な男性がいた。呼吸が短く、かすかに汗ばんで、着崩れた衣服からのぞく首元には、独特な首輪が巻かれている。

発情中のオメガは、アルファにうなじを噛まれると番になる。番ができたオメガは番にだけ発情するようになり、しかも男性でもオメガは番のアルファの子を身に宿すため、多数の客をとる公娼はうなじを防御する首輪を巻くのだ。

男娼をしばらく眺めても、ユベールの身体はなんの反応も示さない。ベータ性は確実のようだ。

「騒がせてすまなかった」

声をかけると、男娼は赤らんだ目を驚きに見開いてから、小さく頷いた。

哀れな存在だ。本人の資質や意図にかかわらず、オメガ性が発現したというだけで、家族に縁を切られ、売春街に売られてしまうとは。

オメガを売春街に売ってしまうのはなにも貧しい家庭に限ったことではない。一番の問題は、オメガ性が敬遠の対象であることだ。オメガ性が出現したとなると、一家全体が劣等視される可能性を大いに孕(はら)む。貴族の場合は、オメガや公娼を輩出した遍歴を残さないために、留学などと偽ってオメガ性の子を田舎に隠してしまうことがほとんどだ。

「帰るぞ、ガレオ」

「はい、殿下」

息苦しそうにして待っていたガレオは、ほっとした表情になって、主に手間賃を払った。そして、速足で去るユベールについてくる。

「それほど影響を受けるものなのか」

馬車に乗り込んでから訊ねると、ガレオは苦笑して、

「ええ。慣れていないせいかもしれませんが」

と答えた。

「アルファ性を期待されていたが、私は姉上と同じベータ性だったな」

期待を裏切ったという気持ちはまったくないが、自分でもアルファ性の可能性は低くないと思っていた。肩をすくめてみせると、ガレオは慌てて庇おうとする。

「選べるものではありませんし、最近はアルファの数が減っているとも言われています」

羨望の的となるアルファ性であるガレオは恐縮した様子で、ユベールは案じるなと言って笑った。

「昔と比べてアルファ性が減ったというのは私も聞いたことがある。アルファ性が生まれやすいのは、アルファとオメガの番からという説で、オメガが迫害されるようになったせいでアルファもオメガも減ったのだと」

オメガ性が受け入れられない理由は、宗教にもある。肉欲は人間を惑わすものであり、性交渉は夫婦のあいだでのみ持たれるものだと聖書が説いている。実際は、売春街が存在し、公娼から徴税もするのだけれど、それは未婚の男性が欲求を発散する場があれば、一般の婦女が襲われることがないと広く信じられているからである。大勢のための少数とい

う概念は公娼だけに限った話ではないし、徴税の対象となる代わりに生業として認められてから、売春街での犯罪は激減した。公娼という職業になったことで、売春人は最低限の手当や居住を求められるようになり、特に迫害されるばかりだったオメガにとっては生活基盤の確保に繋がったともいえる。

売春が職業化された理屈は理解している。が、はじまりが己の欲求を制御できない者にある時点で、ユベールは売春行為を認められない。公娼を買う者がいて、生業が成り立つことがそもそもおかしいと思うのだ。だが、性善ですべてが成り立つほど単純ではないことは、いやというほどわかっている。公娼と売春については、王になる日まで自分の中で議論を重ねるしかなさそうだ。

「何にせよ、求心力は第二の性頼りで得るものではない。ベータ性でも良き王にはなれる。それに、ベータ性のほうが、なにかと面倒も少なくていいと思っていたから、ベータ性だとわかって気が楽になった」

ユベールがアルファ性だったら、イネアスに嫉妬され、デボラの理不尽な反感を買っていた。それに、アルファ性でなくとも、行動だけで民衆の支持を得続けるよう尽力するつもりだ。

「帰ったら定例会議か」

イネアスに対し、意見を言える場であり、数えきれないほど何度も棄却されてきた場でもある。議会に招き入れたからといって、ユベールの唱える税の軽減や、軍備の充実、貴族の奉仕義務などが聞き入れられたわけではない。聞く耳を持たないなら議会に呼ばないでほしかった。足を運ぶぶんより苛立ちも募るというのに、イネアスはそれすらも考えが及ばなくなっている。

ベータ性が判明し、肩が軽くなったのも束の間、黄金の門を通り抜けると一気に憂鬱な気分になった。

軽食を挟んでから出席した定例会議で、ユベールは何度も訴えている軍備の充実について、前回と言い方を変えて論じようと試みたが、

「限りある税の使途は慎重に決めるものだ」

などと、イネアスに一蹴された。

「父上は、毎日新品の立派な衣装を着ておられますが、慎重に考慮されてその衣装を仕立てられたのですか」

今日は上着、昨日は靴、おとといはクラバットと、イネアスが新品を身につけない日はない。一級品ばかりを月に十、二十仕立てる必要性がどこにあるというのか。そのすべては税金で支払われている。この半年のイネアスの衣装代だけでも大砲を五門は作れてしまうはずだ。

迷走などではなく、もはや横暴だ。痺れを切らしたユベールの指摘に、イネアスは不服

そうに鼻息を荒くする。本物の馬鹿でないなら、不条理に自覚があって然るべきで、図星を突かれたからイネアスは不機嫌になっているのだと信じたい。

「王妃が毎週のように新調する髪飾り一つで騎馬小隊を一年雇えます。首飾りにいたっては大隊を五年雇えます。王宮式の派手な茶会にかかる費用は、街の職人が半年かけて払う税と変わりません。もう一度お訊ねします。陛下は慎重に考慮されて税金の使途を決めていらっしゃるのですか」

長机に乗り出したユベールの気迫に圧されたイネアスは、上唇を歪めて勢いよく立ち上がる。

「軍備の増強など必要ない。そのためにソフィアを嫁にやったのだ」

エスパニル王国軍を借りれば事足りる。そう言いきってしまうイネアスに、絶望する以外にどうすればいいかわからなかった。

「エスパニル王国は同盟国ですが、無償で援軍を送ってもらえるわけでも、何を置いてもフロレンスに駆けつけてくれるわけでもありません」

「エスパニルには関税免除の貸しがある」

「それは我が国の側から見ても同じです。陛下、現状から目を背けないでください。姉上は王女としての責任をまっとうしています。国王陛下も、ご自身の責任を果たしてください！」

椅子を押し倒す勢いで立ち上がったユベールに、当然すぎて口に出すのも馬鹿らしい事実を突きつけられ、イネアスは理不尽にも憤り、荒々しい足音を立てて議会室を出ていった。

愚策の暴君だ。

頭に浮かんだ瞬間、消えないよう必死に守ってきた、父への敬愛の火が、燃え尽きた蠟燭のように一本の煙を立てて消えるのを感じた。

大臣たちは皆、王の悪政を擁護してきた。一歩王宮を出れば罵声を浴びる貴族そのものであり、民衆の現状を知りながらも無視してきた。ユベールのイネアスに対する指摘は彼らに対するものでもある。議会室を見渡すと、気まずそうに俯くだけで改心の様子はまったくない顔が並んでいる。

「諸君らは、王の長寿を願ってやまないのだろうな」

額に青筋が浮いているかもしれない。胸が不快感でいっぱいになって吐き気がする。憤りを露わに、議会室を出たユベールを追ってきたガレオは、人が少ない廊下に出た途端、神妙な表情でユベールの前に出る。

「ユベール殿下、殿下のお考えに異論はございません。ですが、ご指摘なさるばかりでは、王陛下の反感は強まる一方です」

珍しく語尾を強めたガレオを意外に感じながらも、ユベールは問い直す。

「図星を指された腹いせに正論を棄却しているというのか」

「そのとおりでございます」

はっきり言われ、さすがに面食らったユベールに、ガレオは続ける。

「王陛下の判断を間違いだと言いきってしまっては、陛下を侮辱しているのと同じです」

「正論が侮辱になってしまうことがそもそもの問題だろう」

「王陛下は間違いをお認めにはなりません」

「非を認められない愚者が国王だと言っているのか」

「殿下……」

厳しく言い返してしまったが、ガレオに非はないし、言っていることも理解している。だが、自分の父親がおだてられなければ正しい行いが何か考えもできない愚か者だとは、どうしても思いたくなかった。

「息子に気を遣われなければならない王など、存在してたまるものか」

父として王として、敬愛するのに努力を要するなんて異常だ。どうしても納得がいかず、自室に向かって歩き出し、サロンを通り抜けようとしたユベールの目に飛び込んだのは、日が高いうちから賭け事に興じる貴族たちの姿だった。

ユベールの姿を見るなり、貴族たちは立ち上がって頭を下げる。中には顔を見られないよう、異様に深く頭を下げる者もいる。テーブルを行き来する金のほとんどは税金だ。今すぐすべてのテーブルを二つに叩き割りたい衝動を堪えていると、一人だけ頭を下げなかったトリスタンがふざけた笑みを浮かべて近づいてきた。

「いつ見ても不機嫌そうですね、兄上」

不必要なほど近寄ってきたトリスタンから、酒の匂いがした。

正真正銘、イネアスとデボラの子だ。面白いことなど一つもないのに、にやにやと笑っている姿はさっきからの吐き気を酷くさせる。

「下賤な匂いがする。不愉快だ」

トリスタンには返事をせず、ガレオに小声で言ったユベールはサロンを後にした。トリスタンがどんな反応をしていたかなんて、どうでもいい。どうせ昼間から酔っぱらっているのだ。

イネアスとデボラを筆頭に、腐りきった貴族を性根から正したい。その機会を探すために留まっているが、本当はもう一秒だってこんな場所にはいたくない。ソフィアが嫁いでしまってから、毎日が地獄のようだ。

「シャテル領に行きたい」

自室に入ってやっと、まともな呼吸ができた気がする。クラバットをやや乱暴に外したユベールの脳裏に、美しい景色が鮮明に映し出された。

生まれ育ったシャテル領では、いずれ自分が王となったときに全土で実践するつもりの発展計画が成功し、民は生活に余裕を見出し、幸せに暮らしている。熱心に通うユベールを領民は慕ってくれて、城に入ると農民がこぞって季節の農産物を届けてくれるほどだ。

「前回からもう一月経ちます。シャテル領行きの予定を立てましょう。休息が必要です」

グラスに注いだ水を手渡しながら、ガレオは微笑を浮かべてそう言ってくれた。

「そうだな。手配を頼む」

「かしこまりました」

最近、シャテル領に行くのはこうして精神的に疲れたときだけになってしまっている。王宮にいて心休まるときがないからだ。本当は落ち着いた気分でのどかなシャテル領を満喫したいのに。

旅の手配に出かけたガレオが、すぐに戻ってきた。その手には手紙が握られている。

「連絡係がそこまで来ておりましたので、受け取りました」

「姉上からか？」

「アロンソ殿下からも届いております」

「アロンソからも？　久しぶりだな。また報告書のような手紙だろうか」

ぱっと表情を明るくして手紙を受け取ったユベールは、エスパニル王家の封蠟（ふうろう）が押された二通の手紙を順に読んだ。

「姉上は王太子殿下と二人で周遊の旅に出かけるそうだ」

「ソフィア殿下は、ご成婚されてすぐにお子様に恵まれて、まだ王宮の外へ出られたことがありませんでしたね」

「ああ、とても楽しみにしているようだ。御子は王宮に残るそうだから、すこし寂しいとも書いてある」

　ソフィアは、夫のフェデリコ五世にそれは大切にされ、第一子にもすぐに恵まれた。王位継承権のない女児ではあったが、フロレンス王宮と違い、子育てが必ずしも乳母任せではないエスパニル王宮で、育児と新婚生活の両方を思いきり楽しんでいるようだ。困ったことや、戸惑うこともあっただろうけれど、届く手紙はどれも、エスパニルの地で幸せに暮らしていることばかりが綴られている。

　週に一度届く幸せ溢れるソフィアの手紙が、ユベールの心の支えになっている。そして、二月に一度ほど届くアロンソからの手紙も、数少ない楽しみの一つだ。

「アロンソからの手紙には、姉上が主催された慈善活動の様子と、御子の成長について書かれている」

　豪快な字で書かれた几帳面な内容に、思わず吹き出した。アロンソの手紙はいつもこの調子だ。ソフィアの懐妊中なんて、わざわざ医者にソフィアの健康状態を訊ね、手紙に記してくれていた。

「真面目なひとだ。きっとくだけた手紙の書き方をご存じないのだろう」

まるで報告書だ。最近陸軍将校に就任して多忙のはずなのに、二年前の約束を守ってくれる異国の家族であり友には、感謝しかない。

「返事を書く。ガレオは旅の手配をしてくれ」

最愛の姉が幸せを知らせてくれて、異国の友であり義理の兄弟が気遣いを形にして送ってくれた。苛立たしくて不快だった胸の内側が、すっかり温かくなっている。明るい気分でシャテル領に出発できそうだ。

羽筆を取り、返信をしたためようとしたとき、己の近況があまり書きたいものではないことを寂しく感じた。短い溜め息をついて気を取り直し、ベータ性がわかったことや、最近見つけたショコラティエのことを、できるかぎり楽しげに綴る。

幸せな日々に影を落としてしまわないように。ソフィアの娘の成長についても楽しみに、次の手紙を待っていると、返信を送り出した数日後のことだった。

白昼堂々の賭博（とばく）を牽制（けんせい）する目的で、サロンで読書をしていると、王宮内がにわかに騒がしくなった。周囲を見回し、原因を探ろうとしたとき、走ってきた連絡係が最悪の知らせをもたらした。

「ソフィア殿下が、お亡くなりになりました」

「姉上が……！」

全身から一瞬で血が消えてなくなったかのような、今までに感じたことのない衝撃に襲われた。幸せに暮らしているはずだ。可愛い娘と、素晴らしい夫と、明るい日々を生きているのだと、先日の手紙に書かれていた。

「質の悪い偽情報だろう」

「今しがた、エスパニル王家からの早馬が知らせに――」

「娘と夫を残して、逝ったというのか」

「フェデリコ殿下との旅の途中、馬車の事故でお二人とも……。お嬢様は王宮に残られていたために、無事でいらっしゃいます」

「何かの間違いだ！」

　思考が完全に止まり、手足が痺れてうまく動かせない。それでも反射的に立ち上がったユベールの耳に、サロンにいる者たちが「同盟はどうなるのか」「世継ぎはまだだったのに」などと、ソフィアがただの同盟の道具だったかのように耳打ちし合うのが聞こえた。

「黙れ！」

　怒鳴り声が自分のものだと気づくまで数秒かかった。ユベールの剣幕に圧され、サロンは静まりかえっている。ソフィアを悼むこともせず同盟を危ぶむ無礼者が、やっと自分の薄情さに気づいたのか俯いてじっとしている。

　もう一秒だってここに居たくない。感覚が消えた脚でサロンを出たユベールは、腹の底から暴れ出す感情を抑えきれず、嗚咽だけはなんとか堪えて自室へ急いだ。

ガレオが先回りして開いた扉をくぐった瞬間、叫ぶような声を上げて泣いた。
「姉上っ、姉上……」
脚がもつれ、膝から床に崩れ落ちた。胸を掻きむしりながら、顔から床に倒れそうにな
って、ガレオに助けられてやっとそのことに気づくほど、完全に我を見失っていた。
「殿下、お気を確かに」
生まれて初めて泣き叫んで、呼吸もうまくできなくなっているユベールを、ガレオはき
つく抱きとめ、涙を堪えて必死に宥めようとする。その胸ぐらを摑んで、ユベールは声を
張り上げた。
「今すぐ真偽を確かめてこいっ！　魔女がソフィアの幸せを妬んで流した嘘に決まってい
るっ」
「ユベール殿下」
頰を押さえられ、涙を堪え続ける目元で瞳を見据えられて、訃報は紛れもないエスパニ
ル王家からのものだったと知らしめられた。
「なぜ姉上なのだ。あれほど誠実な姉上がなぜっ」
「殿下……」
「神はなぜ姉上に無慈悲なのだ。やっと幸せを摑んだ姉上をなぜっ」
「ユベール殿下」

泣き乱れるユベールを抱きとめるガレオの手も、胸も、震えている。誰よりもユベールを理解しているからこそ、ソフィアの幸福がどれほどの意味を持っているのか、知っているのだ。

「姉上っ、…姉上……」

我を忘れて泣くユベールの悲痛な叫びは、廊下にまで響いていた。涙が涸れても泣き続け、憔悴しきったユベールは数日間部屋から出られず、やっと立ち上がったころには急激に痩せてしまっていて、顔色も酷いものだった。

それでも定例議会に臨んだ日、エスパニル王国との関係を危惧するばかりのイネアスと大臣を見て、ユベールは自分の心に感情が戻っていなくてよかったと思った。

「王太子となられるアロンソ殿下は未婚ですが、こちらの王家や上位貴族家にはもう、嫁がせられる女子がおりません」

「伯爵家に娘がいたのでは」

「まだ十にもならない子供です」

「他国の王女が嫁ぐことになったら、我が国との同盟は、破棄にならずとも優先順位が下がってしまいます」

私腹を肥やすことばかり考えて、同盟頼りで軍備を蔑ろにしてきた大臣たちの、似たような危惧が飛び交う状況に、苛立ちではなく純粋な呆れを覚えた。

「同盟国の援軍などという不確実な防衛策に固執するからです。己の身は己で守る。獣でも理解している基本以下のことを、実行すればよいのです」

淡々と言ったユベールの冷たい表情に、イネアスは唇を歪める。

「有事の援軍は条約に織り込まれておる」

「腐敗した貴族社会を守るために、民だけでなく娘も犠牲にしておきながら、国境の安寧は異国の援軍に命運を託すということですね」

体裁だけのために議会に呼ばれていただけだ。必死に守ってきた敬愛の火は完全に消えて、実の娘を失ってもまだ私欲に執着するイネアスには、もはやなんの感慨も湧かない。

表情を変えないユベールが、完全に見限ったのを悟った数人の大臣が、俯いたまま目を泳がせている。ユベールが王位に就いたあと、自分の息子たちを要職に就かせたいのか、それともまだ完全に腐りきっていなかったのか。

今さら動揺するな。心の中で言い捨てた。

イネアスに正論を突きつける唯一の存在がこのまま議会を去れば、本格的に王国の転覆を覚悟しなければならない。一言でもいいから、声を上げてみろ。誰かが立ち上がるのを数拍待ったが、最後の期待もやはり裏切られた。

「わかりました」

本来なら王が立ち上がるまで待つべき議会で、一人先に立ち上がったユベールは、国王を一瞥（いちべつ）して議会室を去った。わき目も振らず、自室に戻ったユベールは、ガレオに指示を出す。

「明日シャテル領に向かう。準備を」

「かしこまりました」

「それから、シャテル領に百丁、いや二百丁、銃を購入しろ。剣も同じだけ欲しい。城の備蓄食料も増やしておきたい」

「ただちに手配いたします」

王宮にいても意味がない。ここで時間と労力を無駄にするくらいなら、シャテル領で暮らし、領内のさらなる充実に徹したほうが幾分も有意義だ。銃と剣を購入しておけば、専業軍人の実験的育成も始められる。シャテル領をより発展させ、否が応でも指導力を認めさせる。

イネアスも、ユベールとの間に入った亀裂はもう修復不可能であることくらいはわかっているだろう。上位貴族は王宮に住まうものだが、ユベールを引き止めることはきっとない。

明日いきなりシャテル領に越しはしないが、その準備は整えるつもりだ。

惰性に任せてその日をやり過ごしたユベールは、翌朝も無心でシャテル行きの支度をした。いよいよ出発だというときになって、ガレオに止められた。

「顔色が優れないようですが」

「シャテルの空気を吸えば良くなるだろう」

確かに、昨夜から少々熱っぽく、体調が傾いている自覚がある。が、シャテル領までは馬車の旅で安全だし、今夜ゆっくり休めば良くなるはずだ。

納得した様子で上着を着せてくれようとしたガレオだが、今度は不思議そうな顔をする。

「殿下、今日は香水をお召しになられたのですか」

「香水？　使わないのは知っているだろう」

香水は何度か試したが、食事の香りを邪魔することに気づいてからは一度も使ったことがない。知っているはずなのになぜ香水などと言ったのか。

苦笑するユベールに、頷きかけたガレオが、なぜか大きく目を見開き絶句する。

「ガレオ？」

「殿下、もしや……」

「どうしたのだ。おかしな顔をして——」

呆れ声で言ったとき、突然頬が紅潮し、腹の奥が熱くなった。急激に体調が悪化したのか。唖然とするユベールを、ガレオは信じられないものを見るような目で見ている。

「ガレオ……」

「殿下、部屋から一歩も出てはなりません」

「どういう意味だ。疫病の兆候なのか？」

「違います」

「これくらいの熱、シャテル領に行くだけなら問題ない」

「殿下っ」

厳しい声で制止され、立ちすくんだユベールは、衣服の下で肌が汗ばんでいくのに気づいた。

「ただちに、口の堅い者を呼んできます」

「待て、ガレオ」

「申し訳ありません。私はしばらく、殿下のおそばを離れねばなりません」

出ていこうとするガレオが信じられず、腕を掴んで顔を覗き込めば、忠義の男の表情に、見たことのない熱の色が映っていた。

「私に何が起こっている」

まさか、そんなはずはない。状況が訴える異変を必死になって否定しようとしているユベールに、アルファ性のガレオは絶望的な事実を口にする。

「殿下は、発情期を迎えられています」

苦しげに言いきられ、火照っていたはずの顔から血の気が引いた。

「私が、オメガだと？　王家に生まれしこの私が、オメガのはずがない」

完全に取り乱し、詰め寄ったユベールを、ガレオは避けようとした。

「街で極秘に、オメガ性について調べてきます。殿下は部屋から出ないでください」

「待ってくれガレオ」

手を伸ばして引き止めようとしたとき、ガレオが額に汗をかき、荒い呼吸を抑えていることにやっと気づいた。

アルファ性が、自分に反応しているのだ。それでもガレオは、本能に抗い、理性で主の貞操を守ろうとしている。

「申し訳ありません、殿下」

急いで去っていく背中を、止めることはできなかった。誰よりも尽くしてくれる近侍が、扉の向こうに見えなくなって、自分は本当にオメガなのだと思い知らされた。

一人きりになって、急激に心細くなった。自分が何者なのかわからなくなったような無力感を覚え、何をどうすればいいのかわからない。ガレオはおそらく、一番長く仕えてくれている召し使いだけにこの部屋の出入りを許し、籠るのに支障は出ないだろう。目の前のことはわかるのに、先のことがほんのすこしもわからないのが、心許なくて、怖くて堪らない。

王太子がオメガ性だったと知れたら、どうなってしまうのか。民衆の希望の星である自分が、オメガ性を理由に王位継承権をはく奪されたら。このまま王になっても、オメガ性の王が、必要な求心力を維持できるのか。

自分はベータ性だと信じきっていた。売春街の発情したオメガを見るまでは、アルファかもしれないとさえ思っていた。

「なぜ……、私が」

父親に絶望し、今度は自分にも絶望する。神はなぜ、これほど無慈悲に試練を課すのだろう。フロレンス王国の行く末は、自分にかかっているというのに。

心は冷たく萎縮（いしゅく）しているのに、身体は今までに感じたことのない熱を発している。相容（あいい）れない感覚が怖くて、いつもどおりの何かをして冷静を取り戻そうとした。机に向かい、読み物でもしようと思ったとき、先日届いたソフィアからの最後の手紙が目に入り、さらなる絶望に襲われる。

「姉上……」

立派な王になると誓った。いつか王になるユベールのため、そしてフロレンス王国のために、異国へ嫁いだソフィアが、旅立つ間際、言い残したたった一つの願いが、ユベールが正しき王になることだった。

震える手で手紙を取ろうとしたとき、重なっていた手紙が滑り落ちて机を叩いた。エスパニルとフロレンスの二人の王太子のために、ソフィアを支えると言った、アロンソからの手紙だ。

あんなに兄を慕っていたアロンソも、忠誠を誓った兄を失い、突然王太子の位に就いて、悲しみと不安に苦しんでいるに違いない。

名前で呼びあう仲になった唯一の存在は、自分がオメガ性だと知ったら、幻滅してしまうだろうか。アルファ性を惑わす性に生まれた自分は、二度とアロンソに会えないのだろうか。

王宮での日々に張り詰めて痛むばかりだった心は、とっくに限界を超えて張り裂けてしまっているのに、身体は血を流す心を裏切って、醜い欲求で埋めつくさんとする。

腹の奥が熱くなって、脚のあいだで下着が濡れた。自身の変異に驚怖しながらも、形見になってしまったソフィアからの手紙の前では醜態を晒せないと思った。肩を震わせ、なんとか寝台に上がったユベールは、下腹を濡らす衝動を心底呪った。

私欲の中で最も憎んでいるのが肉欲だ。その理由は、王宮に移ってしばらくは、少年だったユベールの耳に届かなかった醜悪な事実。母マリーがユベールを身ごもっているあいだに、父イネアスはデボラと肉欲に溺れていたというのだ。マリーの存命中にはもう、イネアスがデボラを贔屓していたのは知っていたが、まさか神の教えに背いて妻以外の女性と肉欲に身を投じるほど低俗だとは思っていなかった。

否、思わないようにしていたのだ。王として尊敬できず、父として慕えず、人としても幻滅してしまえば、そんな男の息子である自分が何者なのかわからなくなるから。

　この身体に流れるのは王太子の血だという事実が、腐臭漂う王宮でどんな逆風を浴びようとも立っていられた、最大にして唯一の支柱だったのに。その血がまさか、肉欲で人を惑わすオメガのものだったなんて。

　苦しくて、苦しくて。破く勢いで胴着を脱いだユベールは、枕を何度も殴りつけた。物を粗末にしたことなど、今まで一度だってないのに、理性を保てなくなった頭の中は真っ暗な感情と不快な欲求でめちゃくちゃで、自分が何をしているのかがもうわからなくなっていた。

　力尽きるまでのたうち回り、動けなくなった身体が感じたのは残酷なほど鮮明な下腹の疼きだった。王太子ユベールを支配しているのは、最も嫌悪していた肉欲だ。

「ははっ……」

　乾いた笑い声を上げたとき、ふと、枕元に護身用の短剣を隠してあることを思い出した。

　イネアスに迎合して、民の貧しさを見て見ぬふりをしていれば楽に生きられたのに、すこしでも王国を豊かにと願い続けた自分にこれほどの試練が課せられるなら、これは神の意志ではなく、呪いではないだろうか。

　デボラかトリスタンか、その取り巻きか。呪いをかけたのが誰かなんてもうどうでもいい。すこしずつ首を絞めるように、精神を痛めつけて呪い殺されるくらいなら、望みどおり死んでやる。

完全に我を失ったユベールが、短剣を喉に向けたとき、扉が開く音がして、直後慌てて走る足音が響いた。

「殿下っ！」

手首をきつく摑まれ、短剣を取り上げられて、ガレオが戻ってきたことにやっと気づいた。

「ガレオ……」

涙を堪え、必死になってユベールを止めたガレオは、主が自傷しようとしていた衝撃に震える手で、ユベールの首に何かを巻いた。

「お許しください、殿下。これがなければ、私は殿下に近づけないのです」

放心するユベールの首に巻かれたのは、オメガがアルファと番になるのを阻止する首輪だった。

「あの日の男娼と同じ首輪か」

「申し訳ありません」

革製の首輪は幅が広く、革紐（かわひも）で結びつけるから見た目よりも窮屈だ。これを一生身につけねばならないのだろうか。思考が徐々に戻ってきて、それがさっきから鼻をついている強い香りによるものだと気づく。

「ミントか」

焦点が合って、ガレオが鼻と口を布で覆っていたことにやっと気づいた。その布から、強いミントの香りが放たれている。むせるほどの強烈な香りで、ガレオはユベールの発情にあてられないよう防いでいたのだ。それがユベールの気つけ薬にもなって、発情の熱も弱まっているように感じる。

「これほど強い香りでは、息が苦しいだろう」

忠義を尽くしてくれる人間がそばにいるのに、我を忘れて命を絶とうなど、愚かだった。

「殿下……」

「もう平気だ。ただの体調不良と変わらない。私の部屋にいて苦しいのはガレオだろう。せっかくだから休暇を取れ。治まれば呼ぶ」

明日が見えないのは、考えてみれば今始まったことではない。王になればただちに税率を下げ、還元策をとるつもりでいたけれど、それまで民衆が静かに待っているとは限らない。ユベールがオメガ性でなかったとしても、イネアスやデボラが言いがかりをつけてトリスタンを王太子に据えないとも限っていないのだ。オメガ性は、すでに吹き荒れていた逆風を、ほんのすこし悪くしたに過ぎない。

そう思うことで、なんとか冷静さを引き戻した。ユベールが落ち着いたのを確認したガレオは、顔半分を覆う布の下で、ほっと小さな溜め息をついていた。

「もう一度街に行き、オメガ性について調べてきます」

小さく頭を下げて去っていった背中には困惑の色が見えた。だがその歩調は、何が起ころうともユベールに仕える強い意志を表している。

ミントの残り香を肺いっぱいに吸い込んで、発情期の先のことを考えようとした。だが不快な欲求は留まることを知らず、ユベールを苛み続けた。


五日間うなされて、やっと発情期が終わった。五日間、何度も水浴みをしたが、ガレオが必死の思いで着けてくれた首輪を外すのに抵抗を感じ、入浴はしなかった。発情中の不快感が嘘のように落ち着いてから久しぶりに時間をかけて入浴したユベールに、ガレオは化粧箱に入った首輪を渡した。

「この首輪は、私のために作らせたのか？」

厚い革の首輪は、軽量の防具といった精巧さがあって、頑丈なのがわかるのに、明るい色に染められているおかげで重苦しさを感じさせない。渡されたのは、肌の色に近い象牙色と、クラバットの主流色である白の二種類。それと、首輪と肌のあいだに巻く綿のあて布が箱に収まっていた。

「あて布まで。私のために考えてくれたのだな」

「オメガについて調べる最中、革の首輪が肌を傷めると耳にしたので、この首輪を作らせた革職人に相談しました」

「首輪は発情期とその前後だけに着けるのでは足りないのか？　発情期には周期があると思っていたが」

「発情周期はおおむね三から四か月に一度のようですが、オメガ性が発現して間もないころは、発情周期が定まらない場合もあるようです。殿下の護身のためには、毎日身に着けるほうがよろしいかと」

「わかった。オメガ性のことは大まかにしか把握していなかったから、調べてくれて助かった」

身支度を整えるのに、象牙色の首輪を着けることにした。ソフィアを偲ぶ黒の衣装を纏って、最後にクラバットを巻けば、首輪は完全に隠れて見えなくなった。あて布のおかげで装着感も悪くない。

「否応なしに発情してしまうオメガ性だ。隠し通せないことはわかっているが、いつか公になると思うと気が滅入るな。だが、父上には伝えねばならないだろう」

ユベールが知るかぎり、王家にオメガ性は存在したことがない。いたとしても記録から抹消されている。イネアスとは言葉も交わしたくないほど幻滅してしまっているとはいえ、王太子の自分がオメガ性だったことを黙っているわけにはいかない。

腹を決めるため、深い溜め息をついたとき、ガレオがひどく言いにくそうに口を開いた。

「そのことですが殿下、情報が洩れてしまった可能性があります。私の不手際です。申し訳ありません」

召し使いの数を最小限に抑え、口止めしたはずだ。だが、それがかえって邪推を招いたのかもしれない。なにより、いつもなら四六時中そばに仕えているガレオがユベールを置いて何度も外出していた。不必要に勘の良い誰かが、アルファのガレオがユベールを避けざるを得ない事態に気づいたのだろう。

「隠し通せるわけもない。気にするな」

そうは言ったものの、今後についてはイネアスの反応を見てから対策を立てたかったから、厄介ではある。慈善活動か、せめて街の様子を見に出かければよいものを、王宮で暇を持て余している貴族のやることは、賭博、飲酒、そして噂話だ。根も葉もない噂も、箝口令が敷かれるべき問題も、瞬く間に王宮中に広まってしまう。

ソフィアのことですでに痩せてしまっていたのに、さらにやつれてしまった己を鏡で見据え、腹を括ったユベールは、黒の衣装を翻し、部屋を出た。

王の執務室に向かい、歩き出してすぐ、異変を感じた。廊下ですれ違った貴族が皆、気まずそうな顔をしてユベールに向かって頭を下げるからだ。中には渋々といった態度の者もいる。その空気だけで己の行く末がわかった気がした。

腹の底からふつふつとこみ上げる。それは怒りというには複雑で、自分の顔が険しくなっていくのを感じる。

サロンに入ると、一瞬にして場が静まりかえった。日の高いうちからの飲酒や賭博を見られて慌てたからではない、イネアスに次ぐ立場として規律を貫いてきたユベールが、発情で人を惑わすオメガだとわかったからだ。

立ち止まったユベールに、粘着質な声がかかる。

「部屋から出てよいのですか？　知ってのとおり王宮にはアルファ性の貴族が複数おりますよ」

わざと大きな声でサロン中に響くように言ったのは、他でもないトリスタンだ。腐敗貴族と馴(な)れあうことで、王太子気取りで幅をきかせていたトリスタンにとって、ユベールがオメガ性を発現したのは願ってもないことだっただろう。秩序をもたらすユベールに、賛同せずとも反対できなかった貴族たちが、トリスタンを担ぐ動機を得たからだ。

「私と話したいなら酔っていないときにしろ」

昼日中にもう頬が赤くなっているトリスタンは、祝杯とでもいわんばかりに酒を飲んでいたに違いない。

神がユベールにオメガ性を与え、トリスタンのような怠惰な愚者を咎(とが)めないなら、この王国は滅亡に向かうべきなのかもしれない。

受け入れがたい悟りが脳裏をちらついた。ともかくイネアスのところへ行こうとしたとき、トリスタンが不快な視線でこちらを見た。

「お綺麗なままでいてもらわないと困りますよ、兄上。エスパニル王家のアロンソ殿下に、兄上との婚約を提案したばかりですから」

「なんだと……？」

「オメガでも役に立てる道を探して差し上げました」

へらへらと笑って平気な神経が信じられない。頭の中でぷつりと堪忍袋の緒が切れる音がした瞬間、トリスタンの胸ぐらを摑んでいた。

「喪に服すべきときに婚約だと？　貴様、エスパニル王家を侮辱していることもわからんのか！」

青筋を立て、食い殺しそうな剣幕で迫るユベールに気圧され、トリスタンが酒臭い息をのんだ。

目の前にいるのが、半分は血を分けた弟なのが信じられなかった。ユベールのオメガ性を知らしめることばかり考えて、外交どころか人としてどれほど無礼かも判断できないなど、王子どころか下衆ではないか。エスパニル王家は王太子を失ったばかりで、ソフィアもエスパニルの地で亡くなったのに、まるでアロンソが王太子になったのを祝うような婚約話など無礼以外の何ものでもない。王家に対する侮辱には、最悪の報いが待っている。

「王太子を亡くしたばかりで婚約話に浮かれる下衆がいたなら貴様くらいだ。無礼の代償

は宣戦布告だ、大馬鹿者めが！」

　やっと失態に気づいて目を見開いたトリスタンを突き飛ばし、ユベールはサロンにいる全員を睨んだ。

「権力は責任を伴う。貴族の責任は国に仕え、民を導くことだ。この愚者を担ぎ、飢えた民から搾取した税で飲むワインを美味だというなら、鉄槌をくらう覚悟をしろ」

　サロンにいる者たちが何を思おうが、もうどうでもよかった。サロンに響いた声を、真摯に受け入れる人間がいるとも期待していない。ただ、立場を考えて黙ってきたことを、一言言わねば気が済まなかった。

「トリスタン。有事に援軍を要請するはずの同盟国と戦争になったら、どこから軍を連れてくるというのだ。フロレンスの民が、虐げ続けた王家のために軍に志願するなどと都合のよいことを、まさか考えていないだろうな」

　問いかけではなく、言い捨てて、ユベールはサロンを出た。まっすぐイネアスのもとへ向かえば、執務室から出てきたデボラと鉢合わせた。ユベールを見るなり嘲笑を満面に浮かべたデボラは、あからさまな視線でユベールを蔑んでいる。

「いなくなると思うと寂しいものね」

　嫌味のつもりだろうが、ユベールにとっては聞くにも値しない。私欲の権化は魔女でしかなく、人は悪魔と言葉を交わさない。

年甲斐もなく奇妙なほど白く塗られた顔を眺めた。母マリーと同じ、透き通った青の瞳で、品位の欠片もない女をただ眺めた。正義を貫く視線に耐えられず、デボラはうるさい足音を立てて去っていく。耳障りなはずの音はただただ空虚で、いっそ清々しいくらいだ。

自分でも意外なほど冷静な心持ちで執務室に入ると、そこには数人の大臣とイネアスがいた。

「ちょうどよいところに来た」

これから始まる会話の内容は容易に想像がつく。背筋を伸ばして堂々と立つユベールを直視できないイネアスを見ていると、このくだらない状況にどう対応すべきか、曇り空に一筋の陽光が差すように頭の中に浮かんだ。

「オメガ性だったと聞いた。事実なら王家の醜聞だが、トリスタンの助言でお前も役に立てそうだ」

「エスパニル王家のアロンソ殿下に嫁ぐというお話ですか」

「左様。異論はないな」

「異論はありませんが条件はあります」

「条件だと？」

腹の内を探る視線が向けられるが、ユベールは一歩も引くつもりはないと、姿勢で示す。守りたいのは自分ではない、シャテル領の民だ。絶対に譲らない。

「はい。シャテル領の所有と、相続者の決定権です」

王太子の立場を奪われても、シャテル領の安寧は奪わせない。ユベールがソフィアと子供時代を過ごした、豊かで幸せな場所を、私欲と腐敗に穢（けが）させるわけにはいかない。

「オメガ性の王族など存在自体が汚点なのだぞ。領地の所有など――」

「ふふっ」

己の所業を差し置いて、ユベールを汚点呼ばわりできるイネアスの面の皮に、思わず吹き出していた。笑いを堪える口元を指で隠し、表情を正したユベールは、条件の詳細を話す。

「爵位の保持とシャテル領の所有、ならびに相続者の決定権の、終身保障を要求します。シャテル領で得た財を国外に持ち出すことはしません。この条件は私が今後どこにいようと保障していただきます」

「オメガは貴族社会に存在していい身分ではない」

「条件が満たされない場合、私はエスパニル王国へは行きません。同盟国に国境の安全を委（ゆだ）ねたいのでしょう、父上。私が嫁がなければ、西洋圏での存在感が増しているエスパニル王国は、同盟を放棄するかもしれませんよ」

ソフィアとフェデリコ五世が健在であっても、エスパニル王国が継続的な利益を見出せなければ同盟破棄はあり得た。聞く耳を持とうとしなかったイネアスは、やっとことの重大性に気づき、ユベールの条件を飲むしかないことを理解したようだ。もっとも、自力で財政を立て直し、民衆の支持を集める何かができれば、条件を飲まずとも、ユベールを田舎に隠しても問題ないのかもしれないが。

「王と交渉できると思っているのか」

「陛下が私と交渉せねばならないことに、まだお気づきではないのですか？　他にエスパニル王国へ嫁がせられる娘がいないのに、私までいなくなったらどうするつもりなのです」

「いなくなるだと？」

オメガのユベールに行くあてなどないと、小馬鹿にしたように訊き返すイネアスに、ユベールは至極冷静に答える。自力で状況を理解できないイネアスとは、そもそも交渉するつもりはない。ユベールの条件を飲むしかないことを完膚なきまでに理解させるために話しているのだ。

「隣国イテリエの国王には、昨年の来訪以来、何度も招待を受けています。留学の希望を伝えれば、明日にでも迎え入れてくださるでしょう。海を越えたブリュテンの王家には母方の親戚が多くおりますし、私は留学先に困らないのです」

隣国のイテリエ国王はアルファで、大臣や役人にはアルファを好んで登用しているというアルファ性崇拝者だ。アルファを産む確率の高い番も推奨し、オメガの愛人を幾人も囲っているという噂もある。イネアスと変わらない年齢なのに好むのは美少年で、ユベールは何度も国王から直々にイテリエに招待されている。

外交の責任がなければ絶対に関わりたくない人間だ。それでも引き合いに出したのは、エスパニル王国とイテリエは過去に何度も地中海の制海権を争ってきたからだ。もしユベールがイテリエに渡れば、エスパニル王国との同盟破棄は確実になる。何より、イテリエは表面上、国交を結んではいるが、いつ掌を返すかわからない不穏さがある。

母マリーの出身国であるブリュテンは、マリーの死を待っていたかのようにデボラを女王にしたイネアスに不信感を抱いている。ブリュテン王家の血を引くユベールが王太子だからこそ友好国でいただけで、ユベールがフロレンス王国を追い出されれば決別しかねない。エスパニル王国の盾がなければ、下手をすると一年以内に宣戦布告を受けるだろう。

「ご自分の危うい立場をよく振り返ってください。国王陛下」

民衆の反感も、他国の不信感も、ユベールとソフィアが均衡を保っていたのだ。知らなかったなどという寝言を受けつける気はない。

見えないふりをしてきた事実を真正面から突きつけられ、イネアスは肥えた首の肉を震わせながら、奥歯をぎりぎりと噛んだ。

「わかった」

心底不満そうな返事だった。理不尽極まりないが、平然と切り返す。

「では、三枚の証書を用意してください。一枚は王陛下に、一枚は私に。一枚はエスパニル王家へ、私の紹介状代わりにお送りします」

　爵位とシャテル領の終身所有の証明は、イネアス任せにはできない。自分以外にも証人が必要だ。三枚目の証書を最終的にエスパニル王家に渡すかどうかは別として、証書が第三者の監視下に置かれるという牽制が必要なのだ。

　一歩も譲らないことを態度で表すユベールに、圧し負けるかたちでイネアスは三枚の証書に印を押して署名した。黙ってエスパニル王国へ嫁げと言いたげな表情で見据えられたが、事態はユベール次第ではないのだ。

「陛下も王女を亡くされて間もないですが、エスパニル王家は王太子を亡くされたのです。家族を大切にされるエスパニル王家の悲しみは計り知れないでしょう。そんな折に、アロンソ殿下に縁談が持ち込まれれば、お喜びになるどころかお怒りになるでしょうね」

　酷い仕打ちだと、大げさに悲しんでみせれば、イネアスはやっと、魔女ともうけた息子可愛さに後先を考えなかった代償に気づいたようだった。顔を真っ青にして、署名したばかりの証書を、目を見開いて凝視している。

「私欲に目を眩ませているから、そんな単純なこともわからないのです」

　何度も言った。聞いていないとわかっていても、何度も伝えようとした。だがユベールはもう、予防策も改善策も唱えない。

「では私はこれで。愛すべきシャテル領におりますので、ご用の際はお越しください」

二枚の証書を携え、ユベールは王宮を去った。


シャテル領はフロレンス王国の北西に位置し、夏は温かく冬には雪が降る、季節の変化が美しい場所だ。川のそばに立つ城は決して大きなものではないが、シャテル出身で、今は西洋圏で名を馳せる芸術家が壁画を施した美しい教会があり、ユベールはその教会を城下の民に開放している。

王宮を去って、三か月以上が経った。先日二度目の発情期を迎え、オメガ性を知らしめられたこと以外は驚くほど平穏な時間を過ごしている。季節はもう夏、暖かい風を感じながら、テラスで昼食を摂っていたユベールは、そばに控えているガレオに話しかけた。

「エスパニル王国からの返答はまだのようだな。宣戦布告するにしても、王太子を失ったばかりでことを起こすとは思えないから、当然といえば当然か」

エスパニル王国にはソフィアの娘がいる。血の繋がった家族がいる国と争いたいわけもなく、同盟が白紙に戻ろうとも戦争は回避せねばならないはずだった。なりふり構わず提示された婚約話については、娘を失ったイネアスが乱心したとでも受け取られていることを祈らずにはいられない。

　せっかくの果物をよく嚙まずに飲み込んだユベールを見て、ガレオが落ち着いた声で言う。

「婚約については、提案の手紙が保留され、最近になってエスパニル王国へ送られたようです」

　ユベールが王宮を去ってすぐに、婚約の提案書を回収したということか。ユベールの将来が決定づけられる事案なのに、そのユベールに隠れて失態を取り消そうとは。

「絞首刑の危機に陥った外務大臣あたりが、必死になって連絡員を追いかける姿が目に浮かぶ」

「エスパニル王国との対立を回避できたのは、偏に殿下のお心遣いによるものです」

「心遣い？」

「殿下が婚約の提案が時期尚早にすぎたことを言及されなければ、今ごろすでに、国境の位置が変わっていたでしょう」

　イネアスに最も痛烈な方法で婚約の条件を突きつけたのは、意趣返しのつもりだったが、危機感を与えるのにも一役買っていた。イネアスの役に立ってしまったのは不本意だが、フロレンス王国のためになったなら本望だ。

　それにしても、エスパニル王国軍と開戦すればただちに国境線が変わると言いきるとは。ガレオも正直なものだ。

「エスパニル王国軍にフロレンス王国軍が負けると言いたいのか、ガレオ。言葉には気をつけたほうがいいぞ」

フロレンス王国の不利は誰の目にも明らかだから、冗談口調で言ったけれど、指摘されて怒る愚か者が少なからず存在するせいで、完全な冗談にはできなかった。

「以後気をつけます」

ユベールがもし国を離れれば、ガレオにはシャテル領主代理として、領の財政管理や、王宮とシャテル領のあいだを取り持つ重要な役割を任せることになる。ユベールの前では正直でいてほしいが、悪い癖がついては困る。

「思ったとおりを口にすることに慣れて困るのはガレオだぞ」

いつかガレオがユベールに言ったことを返すと、生真面目な近侍は苦笑した。

果物を平らげたとき、丘の向こうから城へ向かってくる護衛付きの馬車が見えた。

「エスパニル王国から返答があったようだな」

「おそらく」

シャテル領で一生を過ごせばいいなどという、ユベールにとって都合の良い知らせであるわけもない。清々しい空とは反対に、ユベールの表情が曇る。

「エスパニル王家が、オメガの元王太子を娶(めと)るわけがない」

奥歯を擦(こす)りつけるように言ったユベールに、ガレオは静かな声で応える。

「それはどうでしょう。殿下はたぐいまれな知恵と人脈と求心力をお持ちです」

「アロンソは、姉上がもたらしてくれた義兄弟だっ」

王太子としてのユベールに敬意を払い、ユベールを名前で呼んだ、異国の友で義理の家族。それがアロンソだ。敵対することも、夫になることも考えたくない。否、あってはならないひとなのだ。

言い放ったユベールに、ガレオが反論することはなかった。だが、やってきたイネアスの代理は、淡い期待を裏切って、決まってしまった将来を告げる。

「エスパニル王国のアロンソ殿下から、正式に婚約の申し込みがありました。ユベール殿下のご出発は七日後です」

「……わかった」

まさかアロンソが夫になる日がくるとは。可能性がないわけではないと、頭の隅ではわかっていたが、それでも、針を飲み込んだような、鋭くて歪な痛みに襲われる。

誰が提案しても、婚約を申し込むのは夫になる男性からだ。アロンソから婚約を申し込むということは、オメガのユベールが妻の立場になり、アロンソの所有になる。

夫の許可なしではどこにも行けない妻になるなんて、三か月前まで考えたこともなかった。自分は未来の王だと信じて疑ったことなど一度もなかった。

婚約を放棄し、シャテル領に籠って過ごせたら。王国全土とはもう言わない、自分の目が届く範囲の繁栄を、生涯の目的にできたらいいのに。

甘い考えが頭をよぎり、冷静な部分が不可能だと言う。

もしユベールが嫁がなければ、エスパニル王国との同盟はじきに意味消失し、イテリエやブリュテンが脅威に変わる日を怯えて待つことになる。イネアスの改心は期待できず、その後トリスタンが王位に就けば、王政の崩壊を覚悟せねばならない。八方塞がりの状況でしばしの安寧を稼ぐには、自分が嫁ぐのが最悪の中の最善であることは、この国に生きる誰よりもよく理解している。

理屈と心は相容れず、胸が苦しくて仕方がなかった。それでもユベールは、シャテル領で過ごす最後の七日間を、別れを惜しんで城に押し寄せる領民に笑顔で応え、不安に耳を傾けて過ごした。


エスパニル王国へ発つ日、ユベールは迎えの一団が王宮を出発する時刻に合わせ、シャテル領を出発して、王宮へ向かった。ソフィアの輿入れとは違い、今回は国賓と呼べる迎えの者がおらず、出発前夜の宴なども必要なかった。これ幸いと、ユベールは最後の最後までシャテル領で過ごした。

久しぶりに見た王宮は、屋根の装飾から足元の石板まですべてが美しく、そして空虚に感じられた。

　虚栄心、肉欲、自己顕示欲、私有欲。人が持てる醜い欲のすべてをこの王宮で見た。

　巨大な宮殿が建てられたとき、新しい技術が開発され、伝統工芸はさらに成熟したという。これがきっかけでフロレンス王国は世界最高峰にして最先端の国になった。宮殿とともに国益を築いた、偉大なる前国王に汚点があるとしたら、イネアスを王の器に育てなかったことだろう。

　二度と修復されることはない、深い亀裂を挟んで対面した父は、自分の誤りを指摘する息子を厄介払いして、同盟の糧にすることを心底喜んでいた。呆れも極まると可笑しく感じるようで、ユベールの口角もいつの間にか緩んでいた。

「エスパニル王家によろしくお伝えください」

　過剰に着飾って、まるで道化のようなトリスタンが、相変わらずの不快な笑顔と声で言ってきた。が、今までのように苛立ちは感じず、むしろフロレンス王国との別れが惜しくなくなった。

「私をエスパニル王国へ嫁がせるのは明案だったな、トリスタン」

「そうでしょう。念のために言っておきますが、礼はいりませ――」

「亡国の王子になっても、私には新しい家族がいる」

　もし本当に王家が失墜したら。他国の侵略を許したら。ユベールもトリスタンも亡国の王子となる。エスパニル王家にとって、ユベールの価値はなくなってしまう。だが居場所は残るはずだ。そのときトリスタンには、行き場所はない。

イネアスもトリスタンも、自分の首を絞めている。どうせ伝わらないとは思いつつも、最後の情けのつもりだった。やはりトリスタンは呆けた顔をする。

「なんの話です？」

「考えることを誰にも教わらなかった君が、ずっと気の毒だった」

兄として、心のどこかで感じてきたことだったと、言葉にしてから気づいた。道徳も良識も、誰も教えてくれなければ知る由もない。トリスタンは、努力の始めようもないほど無知に育つ環境の被害者だったのかもしれない。言い訳があれば非道な人間になっていいなどとは思っていないが、同情の余地がまったくないとは言いきるべきでない気がした。

自然と哀れみの目を向けていたようで、トリスタンは驚きと悔しさが混ざった表情で黙った。

本来なら、王国の繁栄や国王の長寿を祈る言葉で別れを告げるのだが、何も言わないほうが自然に感じる。ユベールが民衆の幸せを訴えるほどイネアスを強情にしてしまうようだし、王家の繁栄も祈るべきかどうかわからないからだ。

心の中だけで、先祖と、数年を過ごした王宮に別れを告げて、エスパニル王家の紋章が描かれた馬車に乗り込んだ。向かいの席には、結婚式までユベールの伴をするガレオが座る。

最後に、王宮の中心に位置する、玉座がある広間の、大きな硝子扉を見上げた。物心ついたときからずっと、いつかあの玉座に就く者としての責任を負ってきた。異国へ嫁ぎ、夫の支配下で生きていく運命だったなら、心を痛めて胃を痛めてきた今までは一体なんだったのだろう。

馬が走り出した。どんな感情が胸の中にあるべきなのかわからなかったけれど、黄金の門を通り過ぎるとき、氷柱に刺されるような冷たくて鋭い痛みが走った。

「生まれてからの十八年に、何か意味があったのだろうか」

唇のあいだから力なく零れた疑問は、これ以上ないほど虚しくさせる。椅子の背にもたれ、頭を揺られるままにして、ただぼうっと窓の外を見れば、ガレオは憫察して苦しげな顔をする。

「もちろんです」

「后になるためか？　それなら、他の女児と同じように、いつか誰かに嫁ぐものとして生きてきたかった」

「殿下……」

「王子として最大の務めが嫁ぐことだというならまっとうする。民のためになるなら、構わない。構わないけれど、夫の所有物として生きていくその後を、どう捉えればいいのかわからないのだ」

無力感に苛まれながら、ひたすら窓の外を見た。次にいつこの地に戻れるのか、戻る機会があるのかもわからないから、窓掛けを開いたままにして、外を眺め続ける。

十分も過ぎるころには、街の端が見えてきた。その先に広がる緑は清々しいのに、心許ない気分にさせる。これから見る景色がどんなものなのか、新しい場所に慣れるまでどれほどの時間が必要なのか。まったく予測ができないことが、じわじわと不安を膨らませる。

「姉上も、同じ気持ちだったのだろうか」

「ソフィア殿下は、王女としての責務を立派に果たされました」

「責務か……。盤上の駒のように娘たちを動かすことを責務と呼ぶのがどれほど傲慢なのか、今になってやっとわかった。自分では戻ることも進むことも許されない結婚が姉上に課せられたことを、私もどこかで仕方がないとさえ思っていた。後悔するには手遅れになってから気づかされたのは、傲慢に対する罰だろうか」

「ソフィア殿下は亡き王太子殿下と、幸せに暮らしていらっしゃったはずです。アロンソ殿下も、思慮深く誠実な方です。ユベール殿下を大切にされることでしょう」

精一杯慰めようとするガレオには悪いが、その気持ちではまったく足りないほど心が乱れて苦しい。

友として、義理の兄弟として文通をしていたアロンソを、どうすれば夫と思えるだろう。

ユベールは生まれたときから王太子だった。王太子としての自分しか知らない。だが今日フロレンス王国を去り、花嫁になるのは、ただのユベールだ。

「アロンソの妻になりたくない」

言った途端、目じりから熱い涙が溢れ出そうになって、唇をきつく嚙んで堪えた。ガレオは沈痛な表情のまま何も言わず、悲痛の波が収まるのを静かに待っている。エスパニル王国に着くまでに、ユベールは王子の顔を取り戻さなければならないからだ。望まぬ結婚に嘆く姿を、他の誰にも見せるわけにはいかないから。

悲嘆に震え、疲れ果てるころ、遂に国境に着いた。最後の森が開けたところにある川を渡れば、そこはエスパニル王国。婚約書の予定どおりなら、国境を越えてすぐのところで、アロンソと付き添いの数人が花嫁を待っている。

橋を渡ったところに、赤い天幕が見えた。エスパニル王家の紋章が刺繡されたその天幕が、ユベールがフロレンス王家から身柄を譲渡される場所だ。

天幕の前に馬車が止まった。馬と車輪の音が止んだ瞬間、ひゅっと喉が締まった。

馬車の扉が開かれ、外を見れば、フロレンスの外交大使が一番の迎えとして控えていた。その後ろにはエスパニル王家の侍従や衛兵たち。どこまで歓迎されているのかわからない視線を一身に受け、ユベールはそれでも堂々と馬車を降りた。

「お待ちしておりました、ユベール殿下。婚約書でお伝えしたとおり、この天幕を越えられることで、正式にエスパニル王国の一員となられます。どうぞ、お入りください」

大使やユベールの侍従となるのだろう者たちが頭を下げるあいだを、ユベールは胸を張って歩いた。それ以外の歩き方を知らないからだ。

天幕の中には、飲み水や手洗いの用意がされていた。一息ついてからエスパニル側へ入れるようにとの気遣いだ。何時間も馬車に揺られ続けた身体は、休息を求めている。上着をガレオに預け、焦ることなく喉を潤し、力んでいたせいでじっとりとした手を綺麗に洗った。

「はぁ……」

頭の中はわざと空っぽにして、ガレオに合図をすれば、忠実な近侍はいつもと変わらない手際の良さで上着を着せ、クラバットや中着の袖口を整える。

ガレオが頭を下げて後ろへ下がった。身支度が整った知らせだ。

いざ、天幕の外へ。エスパニル王国へ歩み出たユベールを待ち構えていたのは、三台もの馬車と、外交職の貴族、王家の侍従、屈強な護衛の兵たち。そして、真紅の衣装に身を包んだアロンソだ。

二年ぶりに会ったアロンソは、以前よりさらに落ち着いて、大人の男として洗練された印象を受けた。何より、ユベールの背が伸びたおかげで目線が近くなっている。三角帽子を被(かぶ)った立ち居姿は、初めて対面したときと変わらず、力強く引き締まっていて、アルファ性の存在感も健在だ。

いつかまた会えたらと願い続けた二年間だった。再会が叶ったというのに、その理由があまりにも不本意で、どんな挨拶をすればいいのか、わからなくなってしまった。

かける言葉がわからなくなるなんて、初めての経験だ。アロンソのほうから何か言ってくれるのを待っていると、自分に向けられる貴族たちの視線が歪になっていくのを感じた。本心から歓迎されずとも、態度に出してまで煙たがられる謂れはないはず。訝しがるユベールの後ろで、ガレオが腰と同じ高さまで頭を下げた。その、風を起こしそうな勢いの敬礼を見てやっと、不満げな視線を向けられる理由に気づいた。夫となるアロンソは、事実上ユベールの所有者だ。先に頭を下げるのは、ユベールでなければならない。

最後に会ったとき、頭を下げるべきはアロンソだった。王太子ユベールに、第二王子のアロンソが深々と敬礼していた。

立場が逆転したことを痛感させられ、打ちのめされそうになった。屈辱に近い感覚に陥りながらも、平静を装って頭を下げてみせると、アロンソと従者たちがやっと、ユベールに対し歓迎の敬礼をする。

だが、頭を上げた侍従たちは、王太子アロンソに対して無礼を働いたユベールに、完全な敵意を見せている。背後にいる者たちの放つ不快感に気づいているのかいないのか、アロンソは固い表情で、歓迎の意を口にする。

「エスパニル王国へようこそ、ユベール王子」

戸惑いが、複雑な声音から感じ取れた。目の前にいるのは、二年前、ユベールの幸せのために、友として義理の家族として尽くすと言ってくれた、爽やかに微笑むアロンソではない。突然決まった王太子としての結婚を、責任として果たそうとしている、悲しげな王子だ。

子を孕む身体とはいえ、オメガの、しかも男の妻など、歓迎されるわけがないのだ。同盟の利益を最優先にした結果の人選だっただけで、他国の王子を花嫁として好意的に受け止めるわけがない。

頬を強く張られたような、衝撃と痛みを覚えた。ユベールだってアロンソにかける言葉を思いつけなかったのに、アロンソに隔てを置かれたのが、辛くて堪らなかった。

視線を落とすユベールに、アロンソは右手を差し出す。

「王宮へ向かいましょう」

アロンソは手を取ろうとしている。男性が女性に親愛を持って伴をするときと同じように、ユベールの手を待っている。

男性が女性の手を取るのは、弱い者を守る騎士道を紳士淑女の同伴に当てはめた慣習だ。つまりアロンソの手は、男の自分を、弱い者と言っている。そこに悪意がないことはわかっていても、受け入れられない。

自分の人生はこれまでずっと、次期国王、王太子ユベールだった。拒否する選択のない結婚、そこに至った理由、必要性、どれだけ並べたところで、王太子以外の自分にはなれないのだ。

ユベールが奥歯を噛みしめるのに気づいてか、アロンソは差し出していた手を下ろした。その瞬間、王太子の顔に泥を塗ったことへの批判が険しい視線となってユベールを突き刺す。

文字どおり己の命を捧げて、フロレンス王国のためにアロンソに嫁ぐユベールが、これから生きていく場所は針の筵（むしろ）だ。そしてたった今、アロンソに服従する態度を見せなかったことで、すでに存在していた無数の針を、より鋭くしてしまった。

頭から血の気が引いていく。外交の席で失態を演じたことはこれまで一度もなかった。王国の将来のために、これからの人生をエスパニル王家に捧げにきたのに、その道を自ら棘（いばら）の道にしてしまうのは、自分のためにも、王国のためにもならない。そんなこと、わかりきっているのに、それでも『花嫁』になれない。

これから妻として生きていくエスパニルの地に踏み出した一歩は、絶望の淵（ふち）から落ちたようであった。オメガ性が発現して、王太子として己に絶望したときとは違う、真冬の雨に打たれながら、じき凍る池に入っていくような、冷たい絶望。

「王宮までも長旅です。ガレオ殿と同乗されるといいでしょう」

言われ、婚約書の予定ではアロンソと一緒に馬車に乗ることになっていたのを思い出した。だが、現状を見れば長旅が息苦しくなるのは明らかで、互いのためにもユベールをガレオと一緒に乗せたほうがよいと判断したようだ。

「お気遣いありがとうございます」

先頭の馬車に案内され、ガレオと一緒に乗り込めば、アロンソは他の馬車には乗らず、馬に跨った。予定外のことなのは明白で、乗るはずのなかった下位の侍従を馬車に乗せたり、アロンソの併走者を決めたりと、乗車の振り分けにすこし時間がかかってしまった。

もう馬車に乗ってしまっているユベールは、一団がざわめいているのに気づきながらも、何も言わずに出発を待った。今何をどうしようと、自分の将来を凍っていく池にしてしまったのは変わらない。

「アロンソを不憫に思うよ」

溜め息混じりに言えば、向かいに座っているガレオが訝しげに首をかしげる。

「殿下？」

「相手を決める自由のない政略結婚でも、せめて可愛げのある姫を迎えたかっただろうから。だが、私は王子。それ以外の誰にもなれないのだ」

「殿下、アロンソ殿下は――」

「言わなくていい。親切な人柄はわかっている。わかっているからこそ、この結婚が心苦しいのだ」

アロンソが思いやりのある立派な男だということは知っている。だからこそ、この結婚が決まってしまったことが口惜しい。アロンソはこれからずっと、オメガの男を嫁にするしかなかった王太子でい続けなければならない。苦悩の道のりを進まねばならないのはアロンソも同じだ。その根本が、意思に反しているにもかかわらずユベールの存在のせいであることが、辛くて悔しい。

「起きていても気分が塞ぐだけだ、昼寝をする。王宮が見えたら起こしてくれ」

ガレオの返事を待たずに目を閉じた。眠りたいのに眠れないまま、思考を放棄して馬車に揺られる王宮までの道のりは長かった。

目を閉じ続けるのも辛くなってきて、仕方なく眺めた窓の外に白く輝く王宮が見えたとき、ユベールは久しぶりの高揚を感じた。城塞（じょうさい）のような頑強さがありながらも、宮殿の優雅さを放つ独特な外観は、見たことのない白の石で組み上げられていて、光沢がある石材なのか、光を反射している。広さはフロレンス王宮と同じか、それ以上あるかもしれない。華美な装飾はないが、最新の硝子製造術による大判の硝子窓が目立っている。王宮の門や柵（さく）の金属加工の技術もかなり優れたもので、国内の技術の粋を集めた造りになっているようだ。

　王宮の正面に着くと、貴族が列を成して一団の到着を待ち構えていた。男性のほとんどは黒の衣装を、女性は黄色や桃色といった明るい衣装を着ている。

　アロンソが最初に馬から降りると、待っていた貴族たちは一斉に頭を下げた。そしてそのまま、未来の王太后が馬車から降りるのを待っている。

　馬車を降りても、皆頭を下げたまま。女性にいたってはドレスの下で膝をついている。この国の作法は想像以上に厳格だ。

　アロンソは会釈をしてから、ユベールを連れずに近侍と一緒に中へ入っていった。ユベールには案内役がついて、部屋へと連れていってくれる。

　王宮の中に入ると、そこは天窓からの陽光が眩しい、荘厳ながら開放的な場所だった。天井が非常に高く、白を基調とした壁が屋内をより明るく見せている。床には真っ赤な絨毯が敷かれ、豪華な燭台やシャンデリアはすべて黄金色だ。

　フロレンス王宮は世界最高峰として名を轟かせていると信じてきた。間違ってはいないはずだが、エスパニル王国の内情が西洋圏に知れれば、たちまち世界一の称号がエスパニルのものになっても不思議ではない。圧倒されつつも表情には一切出さず、フロレンスの王子として堂々と歩いた。すれ違う者はみな、できるだけ後ろにさがって頭を下げている。その徹底ぶりも、ユベールだけでなくガレオが通り過ぎるまで待つという、予想をはるかに超えたものだった。

金縁の赤い絨毯が敷かれた大階段を上り、奥へと進むと、重厚な二枚扉が現れた。

「この先が王太子ご一家の内殿です。お連れの方は客室へとご案内いたします」

ガレオはこの先に入れないと言われ、仕方なく一旦別れることとなった。私室に入ってからもう一度ガレオを呼べばよいから、気にすることはない。

「休んでくるといい、ガレオ」

「ありがとうございます」

ガレオが召し使いによって客室に案内されていくのを見送ってから、二枚扉に向き直ると、衛兵が重い扉を開いた。扉の向こうには広い廊下があり、その先に王太子アロンソと王太后となるユベールの部屋があった。ユベールの部屋には、居間、書斎、寝室、食堂、そして浴室もある。祈りの間や遊戯室、来客用の広い食堂などは共用だ。

「この内殿は王宮内にありながら独立した造りになっていて、ご一家で気兼ねなく過ごしていただけます」

案内役に相槌(あいづち)を打ちつつ、これからの生活を想像しようとして失敗した。妻になった自分を想像できなかったからだ。

王太后の私室に着くと、案内役は深く頭を下げて去っていく。

「私はこれで失礼します。この後は侍従が参りますので」

「ありがとう」

広い私室に一人になった。座るばかりの一日だったから、これ以上座りたくなくて、各部屋の使い勝手などを見て回ることにする。まずは居間から。紅が基調の窓掛けや、濃い色味の家具が重厚で、食堂もそうだった。寝室は逆に、薄い水色の壁布や光沢のある象牙色の寝具が落ち着いていて、居心地に関していえば期待以上の印象を受けた。いたるところに大輪の花が飾られ、よく見ると花瓶がそれぞれ違う種類の工芸品だ。フロレンス王国が自力では辿り着けないところから来た輸入品かもしれない。興味を惹かれつつ、窓の外を見ると、陽が落ちていく空の赤紫が目に沁みるようだった。

「失礼します、ユベール殿下」

突然居間のほうから人が入ってきた。必要以上の声量と抑揚で声をかけたのは、紺色の衣装を着た、優男といった印象の同年代の男だった。

「エスパニル王国へようこそ。私は殿下の侍従長を拝命いたしました、カタラーノ侯爵家次男のマルコです。どうぞよろしくお願いいたします」

道化のような派手な仕草で敬礼され、軽く面食らってしまったユベールを、マルコはまったく気にせず続ける。

「今夜は国王陛下に到着のご挨拶をしていただく予定がございます。結婚式は三日後。明日、明後日は衣装合わせやその他段取りで忙しくなりますよ」

言動の一つ一つが大げさなマルコは、見ているだけで疲れる。こんな侍従長はお断りだ。

「ガレオを呼んでくれ」

ガレオは結婚式までしか滞在しない予定だが、せめてそれまでは慣れ親しんだ近侍に世話を頼みたい。そうでなければガレオを同伴した意味がない。

当然のことを言ったつもりが、マルコは大げさに眉尻（まゆじり）を下げる。

「申し訳ありません。王太后殿下の私室には、王太子殿下が許可された者しか入れません。殿下のお世話をするのも、私を含めベータと確認されている侍従と召し使いだけがこの内殿に入ります」

「ガレオは確かにアルファだが、私の近侍だ」

「存じておりますが、これからは私が殿下の侍従長です。そしてガレオ様はお客様です」

ふざけて聞こえなくもない口調でも、マルコはそう言いきった。確かに、ガレオはユベールに仕えてきたが、身分は上流貴族であり、エスパニル王国に入れば客人扱いをされるに相当する。

理屈は最初から知っている。が、融通をきかせるかどうかの問題だ。そしてマルコが言っているのは、その決定権がユベールにはないということ。

自分の近侍を選ぶ自由もない。苛立ちを覚えていると、アロンソが寝室に入ってきた。

「マルコ、構わない。ガレオ殿をお呼びしてくれ」

穏やかながら、有無を言わさない声だった。マルコは小さく頭を下げて、速足で寝室を出ていく。優男といった風貌で、物量的な存在感には欠けるのに、身振り手振りが大きいせいで、いなくなると急に部屋が広くなった気さえする。

エスパニルの男性といえば、アロンソと外交大使しか知らず、どちらも決して多弁とはいえないから、それが標準なのだと思っていた。マルコの意外性にちょっとした衝撃を覚えて、呆気にとられていると、気を取り直させるよう、アロンソに見つめられた。

「ユベール」

二年越しに名を呼んだ声は、記憶と変わらないのに、喜びはやはり湧いてこなかった。親愛の証しに名を呼びあうようになったけれど、二年前のあのときとは意味が違っている。名前を呼ばれるのは、敬する必要がなくなったからだ。

「これからは、気兼ねなく話したい」

「もちろんです」

当然のことだから即答すれば、アロンソは困ったような顔で視線を落としてから、もう一度ユベールを見る。

「侍従長に選んだマルコは、母方の従弟で兄弟のように育った。陽気で思いやりがあって気が長い。良い侍従になるはずだ」

「期待しています」

ガレオとは正反対のマルコを侍従長に選んだアロンソの気持ちはまったくわからない。わかったとしても拒否権はないのだろうから、期待するとしか言いようがなかった。

空気が息苦しくなるのを感じていると、アロンソが一歩こちらに近づいた。

「慣れないことばかりでしばらくは大変だろう。俺にできることがあれば遠慮なく言ってほしい」

真摯な姿勢で言ってくれたけれど、その言葉に甘えたいとは感じない。親切な性格だから案じてくれているだけで、ユベールが実際に何かを頼めば、厄介に感じるだろうことは容易に想像がつくからだ。兄に仕えることを信条に生きてきたアロンソにとって、王太子の責任は計り知れないほど重いはず。尚早すぎるこの結婚に構っている心の余裕などないだろう。

「ありがとうございます」

お互い、父王同士が決めた、必要に迫られた結婚だ。面倒をかけるつもりはないし、余計な気を遣わせたいわけでもない。これが王太子の責任を知るユベールにとっての気遣いだ。礼を言えば、複雑な微笑が返ってきた。

「失礼いたします」

マルコの声がしてそちらを向くと、恭しい態度でガレオを呼んできたことを知らせるマルコと、身だしなみを整え直したガレオがいた。

「ガレオ」

自分を支え続けてくれたガレオの姿に、無性に安堵した。ほんのすこし離れていただけでこの有り様では、ガレオがフロレンス王国に戻った後が思いやられる。内心自嘲するユベールからガレオに視線を移したアロンソは、心なしか表情を明るくする。

「フロレンスの名剣士、また会えて嬉しいかぎりだ」

「私こそ光栄にございます、殿下」

互角の手合わせから生まれた剣士の絆は二年前と変わらず。二人とも寡黙で表情豊かとはいえないはずなのに、再会の喜びが滲み出ている。羨ましく感じずにはいられない。ユベールだって、王子同士切磋琢磨する仲のまま、アロンソと笑顔で語らいたかった。

胸がちくりと痛む。無意識に目を伏せたユベールは、アロンソとガレオの心配そうな視線に気づかなかった。

「マルコ、ガレオ殿はユベールが最も信頼を置く方だ。必要に応じて式の準備にも参加していただこう」

「承知しました」

王太子令として、ガレオの自由な王宮の出入りが認められることになった。今後ガレオは逐一アロンソの許可を仰がずとも、王太子の客人が入れる場所へは自由に出入りができる。

「謁見の前に迎えにくる」

フロレンス王国から持ってきた荷物が運び入れられるのを確認して、アロンソは去っていった。荷解きはガレオ主導で、マルコと召し使いがその補助をするかたちで進んだ。

「これがフロレンス式の衣装ですか。あれ、これは花柄の刺繍。フロレンスの男性は花柄を身につけるのですね。それにしてもこの刺繍は繊細で美しい。職人の腕が光っていますね」

どこまでも多弁なマルコは、上着を広げては色合いや刺繍について何かを言っていた。ガレオがうまく受け流しながら、早々に荷ほどきを終わらせてくれたおかげで、余裕をもって謁見の準備にとりかかれた。

「式の衣装は決まっているのだろう。他に特定の衣装が必要になる予定はあるのか」

謁見の衣装選びに迷ったユベールは、マルコに訊ねた。

エスパニル式の衣装を今後仕立てていくことを考慮して、フロレンス式の衣装はあまり持ってこなかった。今夜の国王との謁見が一番の行事なら、持ってきた中で最も目立つものを着るべきだ。姫でない花嫁にできるせめてもの印象作りは、フロレンス式の文化をより優雅に示すことくらいだから。

「いいえ。今夜の謁見と結婚式、その後の披露宴以外に予定はありません」

「貴族の平均的な晩餐会の頻度は？」

「王太后殿下が出席される可能性のあるもので、普段の衣装で足りないような晩餐会はありありません。あれば衣装を新調されることになります」

私室を出るときの装いでほとんどの催しにも事足りるのはどこの王宮も同じか。それにしても、来たばかりとはいえ結婚式以外にまったく予定がないとは。

「后に私的な予定以外あるはずもないか」

姿見に向かって自虐的に言ったユベールに、ガレオは何も言わず上着を着せてくれたが、マルコは意気揚々と口を開く。

「では予定を立てましょう。何かやりたいことはありませんか？　王宮内の見学とか、庭園の散策とか」

役目のない后らしい王宮内の暇つぶしを挙げられて、据わりが悪くなりかけるも、必ずしたかったことを言う。

「姉上に会いにいきたい」

努めて冷静な声で、最愛の姉の墓参りをしたいと言えば、マルコは真剣な表情で口を閉じた。

アロンソと兄弟のように育ったなら、マルコはフェデリコ五世を兄のように慕っていたはずだ。ソフィアが眠るのは、フェデリコ五世の隣。フロレンス王家もエスパニル王家も信仰する神は同じだから、夫婦が共に眠っているのは言われなくてもわかる。

「わかりました」

フェデリコ五世を思い出したのだろう、一瞬悲しげな顔をしたマルコだが、すぐに気を取り直して、他の要望を聞こうとする。

「供える花の準備も頼む」

「もちろんです」

着替えが済んだ。鏡の中の、淡い水色地に金糸の装飾がふんだんにあしらわれた衣装と、光沢のあるくちなし色の靴を履いた己の姿を確かめてから、マルコに向き直る。

「この装いは謁見にふさわしいと思うか？」

エスパニルの男性が明るい色の服を着ないのは感じ取っているが、まだ結婚していないユベールはフロレンスの王子だ。フロレンス王家を代表する存在でありながら、王太子アロンソの婚約者として好印象を築かねばならない。国境にいた迎えの一団の前で失敗を犯したから、これ以上の失態は招きたくない。冗談は受けつけない態度で訊けば、察しは悪くないらしいマルコが答える。

「明るい色合いと刺繍は正直にいうと女性的に見えますが、フロレンス王家といえば豪華な衣装、陛下もお喜びになるでしょう」

随分正直な感想だ。王家の象徴が豪華な衣装という部分がひっかかったが、国王フェデリコ四世はそんなフロレンス王家との婚姻を二度も決めている。華やかな衣装を選んだのは間違いではなかったらしい。

衣装はそのまま、金髪が綺麗に波打つよう丁寧に梳いて、アロンソの迎えを待った。ほどなくして現れたアロンソは、金色の肩章がついた真紅の正装に黄金の胸飾りをつけて、腰には儀式用の長剣を差していた。整った体型に王太子の正装を纏った姿は、アルファ性の存在感も相まって、とても精悍だ。

賛辞を送りたいが、アロンソが王太子になった理由を考えると手放しに褒めるわけにもいかない。どうしたものか悩むユベールを見つめて、アロンソもしばらく黙っていた。

「二年前よりもさらに美しくなった」

背も伸びて、身体つきも大人になったのに、まだ美貌を褒めてくれるとは。二年前は、初めて人の美貌を褒めたといって照れていたけれど、さすがに世辞に慣れたのだろうか。

「ありがとうございます。殿下も、とても鮮麗でいらっしゃいます」

世辞ではなく本心からそう言ったのに、複雑な微笑が返ってくる。

「気兼ねなく話してくれればいいのに」

呟くように言われ、視線を落とすしかなかった。

「慣れれば自然と直ります」

適当な答えは空虚に感じた。いつになったらアロンソと夫婦として話すことに慣れるというのか。

重く冷たい風が流れ入ったような空気が二人のあいだに漂うも、謁見の時間が迫ってくる。ガレオとマルコを従えながら、二人で玉座の間へ向かった。

玉座の間は扉が大きく開かれていて、大勢の貴族が集まっていた。予定の時間ちょうどに、二人で並んで入れば、赤い絨毯を挟んで両側に並んだ貴族が一斉に頭を下げる。

国王フェデリコ四世と王妃イザベラの玉座は奥の檀上にあり、その背景には王家の紋章が大きく掲げられている。天蓋（てんがい）や装飾柱、紋章も、すべてが黄金で、王家の象徴色の赤との対比が非常に豪勢だ。興味深いのは、王と后の玉座がまったく同じだったこと。フロレンスでは国王の椅子はどの場面においても最も大きいものと決まっていたから、意外に感じずにはいられなかった。

玉座に向かって歩きながら、室内の観察をするユベールを、集まった貴族たちも観察している。国境でのアロンソに対する態度について、すでに王宮内で広まっているのかもしれない。もとより尚早な婚約で、しかも花嫁は元王太子のオメガだ。稲光のごとく王宮を一瞬で駆け抜ける噂話はいくらでもできあがる。

冷ややかな視線に気づきながらも、玉座の前に立ったユベールは、最敬礼をもって到着の挨拶をした。

「ソフィアとよく似ていると聞いていたが、本当によく似ている」

フェデリコ四世の表情は、ソフィアを紛れもない家族の一員として思っていることを物語っていた。ソフィアの明るい日々が垣間見えた気がして、目頭が熱くなった。

「二度も絆を結ぶことになったのは、確かな縁があるということだろう。フロレンス王国との友情を嬉しく思っている」

「ありがとうございます」

安定した同盟を約束されたのと同意だった。この言葉を聞けただけでも、エスパニル王国へ来た甲斐があったというものだ。

謁見自体は恙なく終わり、国王に好印象を与えた手ごたえを感じていた。問題はその他全員といってもいい。ユベールはアロンソの妻にふさわしいのか、猜疑心を露わにしている。夫に尽くし、子をたくさんもうけるという妻の役目を果たせるのか、ユベール本人がわからずにいるのだから、疑われるのも無理はない。

私室に戻ったユベールは、マルコではなくガレオに就寝までの世話を任せた。そうしないと、落ち着いて眠れないのがわかっていたから。初めて使う寝台は、柔らかくて心地がいいのに、胸の中から静かなざわめきが消えることはなかった。

翌朝の食事は、自分でも意外なほど食欲が湧いた。前日の長距離移動と、見知らぬ王宮の息苦しさでろくに食べていなかったのもあるが、何よりも、エスパニル王国の果実はとても美味しいのだ。温暖な気候に育つすいかやメロンはみずみずしくて、黄桃も甘くて香りがいい。中でも一番美味しいのはパイナップルだ。新大陸の熱帯地域でしか栽培されていなかったこの果実は、移送と栽培の難易度が非常に高く、西洋圏では稀少な果物として富と権力を象徴するものの一つである。新大陸から一番に持ち帰ったエスパニル王国は、その栽培にも成功していた。温暖とはいえ熱帯とは大差ある気候での栽培には優れた温室技術が必要だ。フロレンス王国におけるオレンジの越冬どころでは済まない、年間を通した温室技術かもしれない。フロレンス王国が前王の時代に発展した技術に驕り、王宮文化に贅をつぎ込んでいるあいだ、エスパニル王国は多岐にわたって技術を発展させていた。これは西洋圏の他の国にもいえることだろう。稀少な果実の甘酸っぱさに、目を覚まされる心地だった。

「なんの権限も持たない妻になりに来て、他国の脅威を知ることになるとは皮肉なものだ」

いつもと同じようにそばに控えているガレオに言えば、困ったような笑みが返ってくる。

「シャテル伯爵としての影響力に変わりはありませんよ」

食事一つをとっても、気にかかるのはフロレンス王国のこと。自嘲するしかなかった。

食後は、黒の衣装を着て、墓参りに備えた。馬の用意と道案内をマルコに頼んだが、内殿の専用玄関口で待っていたのはアロンソだった。

「一緒に行こう」

王太子の執務や、式の準備で忙しいはずなのに、アロンソは来てくれていた。気を遣わせたかと思ったが、並んで馬を歩かせるうちに、アロンソも兄に会いたかったのだと気づいた。

「兄は、俺が結婚するのを楽しみにしていて、結婚の良さを話したがった。でも俺は、その話を真剣に聞かなかった。いつも、『ソフィアのような花嫁を探せ』という惚気話になって終わるから」

王家の墓地に着くころ、拭えない寂しさを滲ませて言ったアロンソは、真新しい墓標の前に立つと、痛みに耐えるよう胸に手を当てて花束を供えた。

そしてユベールも、ソフィアに花束を供える。膝をつき、声をかけようとした瞬間、訃報が届いた日と同じ悲しみが蘇り、腹の底から感情が溢れそうになった。

「姉上……」

いつかまた会える日を願っていた。幸せに暮らす姿を、この目で見られる日が来ることを祈り続けていた。

哀傷の涙が溢れそうになるのを、唇をきつく噛んで堪えた。ソフィアに泣き顔を見せたくない。主に召されたソフィアは、天国にいるのだ。この世でユベールが嘆き悲しんでいるのを知ったら、心配して安息のときを過ごせなくなる。

肩を震わせて堪えるユベールの後ろで、アロンソも痛悼を飲み込んだ気配がした。

「アロンソ殿下も無念であったこと、お察しします」

「善良な二人には、早すぎたと思わずにいられない。二人一緒だったことが、せめてもの救いだろうか」

一人残されてしまうほうが辛いということは、それほど仲睦(なかむつ)まじい夫婦だったということか。泣き崩れてしまいたいくらいの悲しみの中に、ほんのすこしだけ光が差した気がした。

「あまり苦しまずに逝けたのですか」

「一瞬のことだったはずだと聞いている」

「そうですか」

ユベールもアロンソも、姉と兄を亡くした悲運を乗り越えるにはまだ時間を要する。それでも結婚は避けて通れず、二人の日々は容赦なく形を変えていく。

エスパニル王国で生きていくことで、一つ前向きなことがあるとしたら、最愛の姉のそばにいられることか。だが、フロレンス王国を導く王になるという約束を果たせず、厄介払いと同義の政略結婚の道具になったユベールを見て、ソフィアが喜ぶとは思えない。

不甲斐ない自分が悔しい。これ以上ここにいると、また悲しみで胸がいっぱいになってしまう。喉が震えるのを抑え、立ち上がると、アロンソが心配そうにユベールを見ていた。

「連れてきていただき、ありがとうございました」

感情的な姿を見せたくない。精一杯気丈に振る舞うユベールに小さく頷いて返したアロンソは、静かに息を吐いて、背筋を伸ばした。

「ソフィアに会いに行こう。もう一人のソフィアに」

哀しさの名残が映る目元を細めたアロンソの言葉に、ユベールは曇天が突然晴れたような驚きと悦びを感じた。

二人で馬を走らせ、王宮の広大な敷地の一角にある小宮殿へ向かった。王宮が建設されるよりも以前からあったという小宮殿は落ち着いた佇まいで、作り込まれた庭園ではなく、自生の花々や果実の木に囲まれている。アロンソとユベールが馬から降りると、庶民的な印象の女中が出てきて二人を迎えた。女中について宮殿に入ると、通された居間には愛らしい衣装を纏った幼女と乳母がいた。

やっと一人で歩けるようになったばかりといった、赤子と呼べなくもない幼女は、叔父のアロンソとユベールを見て可愛らしい笑顔を見せる。

「ソフィア」

溜め息混じりに思わず名を呼んだ。呼んだのは、目の前にいる幼女の名ではない、最愛の姉の名だ。

くりっと波打つ金髪に青い瞳、桃色の頰とさくらんぼのような唇が、最愛の姉ソフィアと瓜二つで、にこっと笑う愛嬌(あいきょう)も、ユベールのほうへ手を伸ばし歩こうとする人懐っこさも、まさしくソフィアの生き写しだ。

「天使を見ているようです」

初めてできた姪(めい)の、輝く笑顔に心を奪われ、感嘆の溜め息をつくユベールに、アロンソも微笑ましげに教えてくれる。

「エスパニルでは一人目の子に親と同じ名前をつける。兄夫婦の娘であるこの子は、ソフィアだ」

「ソフィア。私はユベール。叔父のユベールだよ」

膝をついて両手を差し出すと、姪のソフィアは小さな足を懸命に動かし、ユベールの胸に飛び込んだ。

「ユベー、ユベー」

ユベールの名を呼んで、きゃっきゃと笑いだしたソフィアが、可愛くないなら何が可愛いのかわからない。

「姉上にそっくりだ。なんて可愛らしい」

笑顔を溢れさせずにはいられない。愛くるしい頬に頬ずりして、小さな身体をぎゅっと抱きしめた。ソフィアはまだ綺麗には生え揃っていない彼女の金髪と同じ色のユベールの髪を面白そうに掴んだり、感触を確かめるよう頬に当てたりする。

「ふふっ、ユベー」

「私は叔父だから、同じ髪の色なのだよ、ソフィア」

初めて会ったとは思えないくらい、ソフィアは懐いてくる。これは性格というだけでは足りない気がする。名前を積極的に呼ぼうとするのも、おそらくソフィアがユベールのことを話していたからだ。

性差による外見の違い以外、姉弟でそっくりだったから、姪ソフィアとユベールも必然的によく似ている。それを触って確かめるように、えくぼのある小さな手でユベールの頬や唇を触ったソフィアは、鼻先に吸いつくようなキスをした。

乳母や女中が微笑ましそうに見守る中、ソフィアと戯れていると、アロンソもすぐそばに腰を下ろした。

王太子が床に座っても、女中たちが慌てる様子はない。幼い子の視線に合わせて大人が融通をきかせるのは、王族であっても当然のことのようで、ユベールから離れてアロンソに抱きついたソフィアも、自然体のままアロンソの頬をぺちぺち叩いたりしている。

フロレンスの貴族は子を乳母や家庭教師に任せきりで、きちんと会話ができる歳になるまで親子、特に父子が関わることはほとんどなく、ユベールも子供のころにイネアスと話した記憶はない。だがソフィアはアロンソに随分懐いていて、頻繁に顔を見ていることがわかる。姉のソフィアとフェデリコ五世はもっと娘との時間を持っていたはずだ。

こんなに可愛い子を残して逝くなんて、どれほど辛かっただろう。どうしても考えてしまい、目元が熱くなる。置かれた状況を知る由もないソフィアの前で、変えようのない現実に泣くわけにはいかず、唇を嚙んでいると、それに気づいたアロンソが落ち着いた声音で言う。

「兄は、ソフィアの洗礼のとき、俺を代父に選んだ。結婚すればユベールもソフィアの代父になるから、これでソフィアも、後見ではあるがもう一度両親を得ることになる」

その言葉は、悲痛が生む影に覆われた心に、ちいさな希望の光を灯した。

アロンソが代父であるおかげで、ユベールも代父になる。母にはなれないけれど、生みの母ソフィアを最もよく知る弟として、代わりを務めるなら自分しかいないだろう。これからを生きていくソフィアを支え、愛し、その成長を見届けられる。天国のソフィアもきっと喜んでくれるはずだ。

食事の時間になるまでソフィアと遊んだ。乳母も女中も、微笑ましげにユベールとアロンソを見ていて、ただの使用人ではなくソフィアを大切に思っている者たちなのだと感じた。アロンソも、姪を心の底から可愛がっているのがよくわかる。

帰り際、ソフィアはまだおぼつかない足元で立って、唇に掌をぽんぽんと当ててみせた。

「ベソ、ベソ」

エスパニル語でくちづけの意味だった。ソフィアは、去っていくユベールたちに、くちづけを投げて飛ばしていたのだ。

「そんなに愛らしくされては、帰れないではないか」

心が溶けて、鼻の下が伸びる。そんな状態になったのは生まれて初めてだ。離れがたく感じながらも、ユベールもくちづけを投げて飛ばして、今日のところは内殿に向けて馬に跨った。

「会わせてくださって、ありがとうございました」

「ソフィアにとって、母親をよく知るユベールがそばにいるのは心強いはずだ」

最愛の姉の忘れ形見を、全身全霊をかけて守り、支えていく。何も成せないと思っていた后としての未来に意義を感じられるようになり、結婚に対する拒否感が随分と薄れた。

王宮に戻ったユベールは、結婚式の衣装合わせに落ち着いた心持ちで臨めた。装飾の好みを訊かれても特にないと答え、選ぶ必要があるときはマルコに選ばせるくらい、式に向けての期待も高揚もないけれど、ソフィアの代父になるためなら后になる道を進める気がした。

翌日、衣装の最終調整を行い、式当日の段取りの説明を聞いたユベールは、午後からガレオとともにソフィアを訪れた。おぼつかない足元で庭を歩き回ろうとする愛らしい姿を追いかけて、間食に果物を分けあって。希望の光を眺めているような尊い感覚に胸を満たしてもらうことで、まだ揺れている覚悟を固めようとした。

「明後日にはまた会いにくるよ」

昼寝の時間が近づき、足元がより頼りなくなったソフィアの額にキスをすれば、ソフィアはにっこり笑って寝室に入っていった。

馬を歩かせのんびり王宮に戻る道中、ガレオは珍しく頬を緩めていた。

「とても可愛らしい姫ですね」

ガレオは近侍らしく立ったまま控えていて、ソフィアを抱き上げたりはしなかったが、心を和ませる光景に目を細めていた。

「姉上にそっくりだ。美しい王女に成長するだろう」

ソフィアが王太子の長子として生まれた事実は、父のフェデリコ五世が亡くなってアロンソが王太子になっても変わらない。代父のアロンソが即位すれば、ソフィアはアロンソとユベールの子と同等に王女となることがすでに決まっている。

「次期国王に子が生まれなければ、ソフィアが女王になるかもしれないな」

アロンソとユベールのあいだに子が生まれなければ、ソフィアが女王になる可能性はないとは言いきれない。エスパニル王家は嫡男が王位を継いできたが、それは直系男子が生まれてきたからで、世代を遡(さかのぼ)ってまで男子の王位継承を維持するとは限らないのだ。

ガレオは、ユベールがこの可能性の話をした理由に気づき、心苦しそうに眉を寄せる。

「殿下……」

「発情期を経験して自分がオメガ性だったことは身に沁みてわかった。だが、この身体が子を成すと言われてもやはり信じられない。それでも、私に課せられる新たな義務は子を成すことだ。友だった男の子を身ごもることなのだよ、ガレオ」

性行為は婚姻の内でのみ起こるべきことである。生涯でこの身に触れるのは伴侶だけだと信じてきて、同じことを伴侶にも求めるつもりだった。一生涯で肌に触れるとしたらアロンソだけになるのに、そのアロンソとの性行為を想像もできない。友であり義理の兄弟だった男と、どうして寝所を共にできようか。

幼いソフィアが固めてくれたはずの覚悟がまた揺らぎそうになっている。唇を噛むユベールに、ガレオは静かに語りかける。

「時間をかけてアロンソ殿下を知っていけば、ユベール殿下にしかわからない長所も見えてくるでしょう」

結婚して、時間を共に過ごせば、情も生まれるだろう。なんとかユベールの気持ちを前向きにしようとするガレオの忠誠心が、痛いくらい伝わってくる。

「私のことを思うなら、ここから連れ出してはくれないか」

困らせるだけだとわかっていても、言わずにはいられなかった。立場も何もかも忘れて、逃げてしまいたい。こんなことを言えるのは、人生を捧げて仕えてくれたガレオにだけだ。

けれどガレオは、馬の足を止めてユベールをまっすぐ見る。

「アロンソ殿下以上にユベール殿下を幸福にできる方はおりません」

厳しくも感じる真剣な眼差しに、思わず唾を飲み込んだ。

助けを求められる誰かなどこの世にいない。国を追われたのも同然で、行くあてがあったのが奇跡のようなものだ。アロンソの傍らが最後の砦。その事実を幸福として、これからの人生を義務のために捧げねばならない。そう諭されているのだとユベールは思った。

「そうだな。自分の立場を忘れてはならないな」

「殿下……」

違うと言いたげな顔をされたが、構わず馬を歩かせた。

王宮に戻ったユベールは、無心で長湯をして、ガレオと夕食を共にした。明日の式が終われば、挨拶をする間もなくガレオはフロレンスへ帰ってしまう。最後の晩餐は、初めて一緒に席に着いた。ガレオは終始恐縮していたが、ユベールはできるかぎり気楽な空気を作ろうとした。

「これからは、シャテル領主代理を任せるのだから、私に遠慮する必要はもうないだろう」

エスパニル式の夕食を終えるころ、ガレオは懐かしそうに目元を細めた。

「殿下が五歳になられたころ、将来の近侍として役目を授かったときのことを今でもはっきりと覚えています。初めてお会いしたとき、殿下は信じられないほどの輝きを放っていらした。人々を導くためにお生まれになったのを、ひしと感じました。そして、殿下に仕えることを誇らしく感じました。今までも、これからも変わりません。殿下は私にとって唯一の主です」

たゆまぬ忠誠を今一度誓ってくれたガレオに、笑顔で返す。たとえ異国の后になろうとも主と呼んでくれるガレオのためにも、弱音はもう吐けない。

「心の底から礼を言うよ。ありがとう、ガレオ」

誰よりもユベールの幸せを願ってくれる男の目をまっすぐ見つめれば、ガレオは嬉しそうに微笑んで、寂しげに目じりを濡らした。

「なんとも美しい。よくお似合いですよユベール殿下。天才詩人でもこの美しさを表現できるかどうか」

マルコの大げさな声が寝室に響く。婚礼の準備を整えたユベールは、思わず眉間を摘まんだ。

纏っているのはエスパニル式の男性衣装の一式で、背の高い立て襟の上着とクラバット、中着に、膝下丈のキュロットだ。花嫁らしいところといえば色合いくらいで、象牙色の絹に金と銀の折り紐模様の刺繍が施されている。もうすこし花嫁らしい可愛げが出るよう工夫されるものだと思っていたが、アロンソが着ていた正装と同じでとても紳士的だ。

「エスパニル式の衣装もよくお似合いです。殿下のお顔立ちが映える良い色の衣装ですね」

ガレオの落ち着いた賛辞はそのまま受け取って、いざ大聖堂へ向かう。

入り口に着いたとき、中にはすでに参列者が集まっているのが漏れ出る音でわかった。アロンソは聖堂内に控えていて、待ち構えていた案内役が、ユベールと、一緒に主廊を歩くガレオとマルコに入り口の前で待機するよう言った。

花嫁は新郎のもとへ歩いていく。それが神の前で行う結婚式だ。祭壇の前でアロンソと並び、誓いの言葉を捧げ、婚姻書に自署したとき、ユベールは本当にアロンソのものとなる。

神前で結んだ婚姻は破棄することはできず、死が別つまで逃げも隠れもできない。逃げるなら今が最後の機会だ。試しにガレオを振り返ると、賢明な行動を信じて疑わないと言いたそうな、真剣な視線を返された。

一つ溜め息をついて、大聖堂に繋がる扉に向いた。そして大きく息を吸って、愛らしい姪の姿で頭をいっぱいにする。

オルガンの奏でる音楽が響き、アロンソが司祭のいる祭壇のほうへと歩いているのがわかった。司祭がアロンソに祝福を祈れば、次はユベールが中に入る番だ。

案内役の合図で、扉が開かれる。遂に、ユベールが妻になる身として婚姻を誓うときがきた。

聖堂に一歩踏み入れば、もう引き返せない。胸を張り、唇を結んだユベールは、祭壇の向こう、神の肖像に向かってまっすぐ歩いていく。

偉大なるフロレンス王国の王子である誇りを胸に、堂々と歩くユベールに注がれる視線のほとんどは冷ややかだ。この国でのオメガの立ち位置は知らない。が、オメガかどうか外見ではわからない異国の王子が、王太子アロンソに嫁ごうとしている状況を、誰(だれ)もが奇妙に感じているのははっきりしている。しかも、ユベールは国を追われた王太子だ。不要の烙印(らくいん)を押された元王太子など、同盟がなければ誰が歓迎するものか。

ソフィアのことを思い出すのも心苦しくて、頭を空にして歩き続けると、祭壇の前で待つアロンソと目が合った。アロンソの婚礼衣装はユベールとほとんど同じ色や飾りだが、王太子の立場を示す飾諸と飾帯、そして胸元に王家の紋章が刺繍されている。立派な花婿衣装にふさわしい、精悍(せいかん)で雄々しい真剣な眼差(まなざ)しは、アロンソが今どんな気持ちでいるかを教えてはくれない。

わかるのは、アロンソには、祝福される結婚をしてほしかったことだ。たとえ政略結婚でも、歓迎される花嫁を迎えてほしかった。

祭壇の前に着き、後ろをついてきていたガレオとマルコが所定の位置に立てば、国王フエデリコ四世と王妃が見守る中、結婚の儀が始まった。

祈祷（きとう）に合わせ、聖堂にいる全員が十字を切ると、司祭がこの結婚に祝福の言葉を贈る。続いて神の言葉や説教が厳かに語られるのだけれど、耳を掠（かす）めるだけで一向に頭に入らない。初めての経験だ。どんな状況であっても決して神の言葉を軽んじることなどあり得ないのに、今は伴侶（はんりょ）と、妻の在り方を説く節が神経を刺すようで辛（つら）い。

耳鳴りがしそうになったころ、儀式の終盤に入った。左手の薬指に、婚姻の印である指輪が贈られる。向き合うと、アロンソはほんのすこし口角を上げて、ユベールの緊張を解こうとした。ユベールも、精一杯幸せそうな顔をしてみせたかったけれど、うまくできずに終わってしまう。

エスパニル王家の紋章が刻まれ、ダイヤモンドがあしらわれた金の指輪が、静かに薬指の先にあてがわれた。そして、大きな手によって、ゆっくりと嵌（は）められる。

まるで首輪のようだと思った。首輪は、うなじを守る革のものだけでもう充分なのに。

指輪が根元まで嵌められ、残すは結婚証明書に署名するのみとなった。アロンソが先に彼の名を書き、その下にユベールが名を記す。

手紙で何度も見たアロンソの字は、友の親切な人柄の表徴だった。豪快なのに真面目（まじめ）な字で記されたアロンソの名は、これからは夫の字として見慣れたものになる。

アロンソの名の下に自署しようとしたとき、羽筆を握った手が動かなくなった。

ここに名を書くと、自分は生涯アロンソの所有になる。男としての矜持は、ここに捨て置かなければならない。

息が詰まり、筆先が震える。だが、もう後戻りはできないのだ。

筆先を整えるふりをして、呼吸を整える。考えるべきは自分のことではない。フロレンス王国の将来だ。同盟による王国の安寧、そのために自分はここにいる。

生まれついた瞬間から培ってきた王太子としての誇りに火をつけ、燃え上がらせて、ユベールは遂に名前を書いた。

ほんの数秒の葛藤は、隣にいるアロンソに気づかれていた。けれど、自らの手で夫の所有になる誓約を結んだ喪失感に苛まれているユベールは、アロンソが何を思ったかは知らないまま、参列者のほうへ向く。

伴侶となったアロンソが手を差し出した。国境で再会したときは拒んでしまったその手に、ユベールは今度こそ手を重ねる。

伴侶の横顔を盗み見ると、達観した表情をしているように感じた。割り切っていなければ、アロンソは今日、ここに来なかっただろうから当然といえば当然かもしれない。

前代未聞の王子の嫁入りは、表面上恙なく終わった。二人で一緒に聖堂を出て、いつ手を離せばいいのか頃合いを計っていると、

「緊張していたのか」

と、訊かれた。握っている手が冷たいからだろう。

「はい」

緊張などという単純なものではない。国のために自分を殺して生きるか否かの葛藤だった。その葛藤ももう、なんの意味も持たない。

神の前でアロンソの妻になると誓った。次の発情期にはうなじを噛まれ、番になるだろう。神前の誓約と本能の繋がりによって、完全にアロンソの所有物になる。

后になった事実に胃が締めつけられた。反射的に顔をしかめて俯くと、それに気づいたアロンソが心配そうに顔を覗く。

「ユベール」

「平気です」

アロンソに非はないし、アロンソ自身を悪く思っているわけでは決してないから、これ以上気を揉ませないよう社交の場で使うような笑顔を作って答えた。

まだ不安げな様子のアロンソだったが、どうしようもない問題であることに気づいていたようで、ユベールの手を握ったまま後ろをついてきていたガレオに向き直った。

「ガレオ殿、フロレンス王家に結婚の成立をお知らせ願う。道中気をつけて」

「お任せください、殿下。ご多幸をお祈りしております」

深く敬礼したガレオは、ユベールの目を力強く見つめる。

誰よりも幸せを願ってくれる、ユベールの近侍は、言葉の代わりに笑顔を見せた。目じりが濡れたその笑顔は、次にいつ会えるのかわからない不安と寂しさを思い出させる。

笑って返すことができないまま、ガレオは去ってしまった。それが気遣いだったのはわかるのに、子供のころからそばにいた唯一の存在が去っていく焦燥は凄まじく、背中を呼び止めたい衝動に駆られる。

アロンソが手を握っていなければ、もしかすると走り出していたかもしれない。それくらい、異国に一人取り残されるのは心細くて堪らなかった。

「必ずそばにいる」

絞り出すようなアロンソの声は、一人ぼっちになったことへの同情と、強い責任感だった気がした。

「誇り高きエスパニルの男、ですね」

結婚したからには、アロンソは夫の役目を果たそうとするだろう。本意かどうかは関係なく、夫として男として、誰が伴侶であっても面倒を見る。エスパニルの男は、家族を大切にすることを誇ると、二年前のアロンソが言っていた。

気遣いに対する感謝を込めて微笑んでみせれば、アロンソはなぜか違うと言いたそうな、複雑な顔をしていた。

王太子の結婚を祝して国王が主催する晩餐会は、王家と大臣など最上階級の者のみが着席した。アロンソの口数の少なさが嘘のように、男性も女性も楽しげに会話をして、豪華な夕食を堪能していた。ユベールはというと、フロレンスではあまり食さない牛の肉を皿の上で転がすばかりで、ほとんど会話をすることなく終わった。誰も男性オメガの王太后とどう接すればいいのかわからないからだ。

腫れもの扱いをされたいわけではないけれど、内心ほっとしていた。明るく楽しく振舞う自信がなくて、席に着いて人形と化すほうが落ち着くからだ。

自分の結婚なのに感動の一つもないのがすこし惨めで、会話を始めるにも話題がないアロンソの困ったような微笑が心苦しい。早く今日という日が終わればいいのになんて、侘しいことを祈ったのに、晩餐会のあとは舞踏会が待っていた。

エスパニル式音楽が流れ、演武のような男性だけの踊りから舞踏会は始まった。もっぱら壁の花だと言っていたはずなのに、アロンソは輪の中心で見事に踊りを披露する。結婚した直後の新郎だというのに、若い女性たちが熱視線を送っているのに気づいたユベールは、嫉妬するどころか納得してしまった。それくらい、アロンソは雄々しく魅力的だった。

しばらくすると、フロレンスの舞曲が流れ、ユベールと同じような年齢の男女が楽しげに踊りはじめた。ソフィアが嫁いだあと、フロレンスの演奏家や舞踊の教師が幾人かエスパニルに渡ったから、若い世代の貴族が舞踏会の踊りを学んでいたようだ。年配の貴族も楽しげに眺めていて、ソフィアがもたらした影響の大きさと素晴らしさを、弟として誇らしく感じた。これが、結婚という門出を迎えた日の、唯一前向きな気持ちになれた数十分だった。

国王フェデリコ四世が立ち上がり、音楽が止まった。シャンパンを掲げたフェデリコ四世は、舞踏会の終わりを宣言する。

「我が息子、王太子アロンソの結婚を祝いに、皆が集まったことを嬉しく思う。深夜になった。新婚の二人を最後の儀式に送り出そう」

結婚式以外の儀式とは一体なんだろう。困惑するユベールを、マルコが内殿へと誘導する。

「一体なんの儀式が残っているというのだ」

大臣や有力貴族の男性がユベールたちの後をついてくる。それほど重要な儀式とは一体なんなのだろうか。

「初夜の儀式です。結婚は契りをもって初めて成立するものでしょう。初夜を迎える夫婦が寝所に入るのを見届けるのは、祝福する者の義務です」

「初夜の儀式だと？」

寝所を共にするのは伴侶とだけ。逆にいえば、子をもうけるからこその婚姻だ。その考えはフロレンスでも同じで、肉体的な契りを交わすことで真の伴侶とみなされる。だがそれは、夫婦なら自然とそうなるであろうという暗黙の了解があるべきで、夫婦の営みを他人が確認するなど言語道断だ。

「大勢が房事の証人になるというのか」

黙っていられなくて訊けば、マルコは落ち着けと言いたげに眉を上げる。

「お二人が寝台に上がるのを見届けるだけです」

それだけだと言われても、それ自体が羞恥、否、屈辱以外の何ものでもない。青ざめるユベールだが、この儀式を避けて通れないことは残念ながら理解している。

初夜の儀式は王太后の寝室で行われるため、ユベールは寝室の裏にある隠し部屋で寝る準備をせねばならなかった。マルコに急かされながら衣装を脱ぎ、素早く身を清めて寝巻きを着るも、忌避感は募るばかり。

儀式というなら、幾人かは寝室に入ってくるのだろう。それなのに、夫と床に入るからと、首輪を外すよう言われた。久しぶりにうなじを晒し、寝巻き一枚の無防備な姿になったとき、アロンソの準備も整ったと知らされた。腰に手を当て、大きく息を吐き出したユベールは、不服に歪みそうな顔をなんとか正し、隠し部屋を出た。

「っ……！」

自分の寝室なのに、そこには人が並んでいた。寝台からたった三歩ほど離れたところにまで人が立っている異様な光景に、顔が引きつる。

見世物になったようで至極不快だ。本音を知られないよう慌てて俯けば、寝巻きにガウン姿のアロンソが入ってきて、そのあとから国王が入ってきた。

「二人の門出を祝おう」

国王の声を合図に、儀式を知っているアロンソがガウンを脱いで寝台に上がり、ユベールもそうするように視線で伝える。

血色が悪くなっているのを自覚しながら、ぎこちなく寝台に上がる。二人で並んで座ると、皆が静かになった。

「子宝に恵まれるよう、神のご加護があらんことを」

当然のごとくそう言って、国王は寝室を後にした。続いて参列者も外へ出る。

足音がしなくなり、部屋の扉が閉じても、ユベールは動けなかった。慎ましかった姉も同じ屈辱を受けたのだと思うと、胸がひどく痛む。

「姉上も、この辱めを受けたのか……」

我慢できずに独りごちた。清純なソフィアには、赤の他人の男たちに寝巻き姿を見られるだけでも、心底恥ずかしく感じたに違いない。悔しさだけでなく、怒りすら覚える。胸が激しく痛み、目元が湿るのに気づいた。誤魔化すために天井を仰ぐと、きつく握りしめていた手に、アロンソが手を重ねようとした。

　ほんのすこし、肌が触れた瞬間、ユベールは反射的に手を払いのけた。思考より先に身体（からだ）が動いて、驚いて手を引いたアロンソが傷ついた表情を浮かべるまで、自分の行動に気づかなかった。

「ユベール……」

　明らかな拒絶に、アロンソはひどく困惑している。だが、気にできるほどの余裕などユベールにあるわけもなく。夫の手を弾（はじ）いた手が、ぶるぶると震えた。

「意に沿わないかもしれないが、伝統の儀式だ」

　静かな声は、無理解の非難ではなく、冷静に状況を鑑（かんが）みようという諭しだった。アロンソの誠意は伝わってくるのに、本心をぶちまけるような態度をとった己に当惑して、うまく受け止められない。

「立場をわきまえず、申し訳ありません」

　取り繕った謝罪の言葉は、虚（むな）しく響いた。強制されて始まった初夜に、もはや情熱を望めるわけもなく。ただただ重苦しい沈黙が流れた。

「無理を強いるつもりはない」

　真っ暗な窓の外を見ながらそう呟（つぶや）いたアロンソは、迎えたばかりの伴侶に背を向けて横になり、契るつもりはないと態度で示す。

蠟燭の火を消して、ユベールも横になり、アロンソに背を向けた。冴えきっている目を無理やり閉じると、腹を括って身体を開けなかった自分の弱さに幻滅した。そして、このままアロンソと真の夫婦になれなければ、同盟破棄の結果を招きかねないことを嫌というほど痛感する。

だからといって、自分でも受け止めきれていないオメガ性と、子宝をもたらす使命を受け入れられはしない。

双眸から涙が溢れ出す。嗚咽がこみ上げ、慌てて口を両手で塞ぐ。

声を殺して、ユベールは泣き続けた。オメガ性の発現に翻弄され、忠義を尽くした国を追われ。その痛みに耐えようとしていたけれど、限界はとうに超えている。

窒息しそうなほどきつく口を押さえて泣きながら、一人で泣くことも許されない状況にまた苦しくなる。

このまま息を止めてしまいたい。それもまた許されないことだと警鐘を鳴らす、かすかに残った冷静さが憎かった。

アロンソの后として迎える初めての朝。目覚めたときはもう寝台にアロンソの姿はなかった。伝統の儀式を拒み、またもアロンソの顔に泥を塗ったのだ。当然のことだろう。もっとも、オメガとはいえ発情していない男の妻を、アロンソが本当に抱きたいと思っていたかどうかは怪しいところではあるけれど。

一人で朝食を済ませたユベールは、予定がまったくないことにある種の気色悪さを感じながらも、身支度を完璧に整えた。幼いころからそうしてきたから、窓の外を眺める以外にやることがなかったとしても、上着から靴まで公務に行ける格好でないと落ち着かない。そんな自分が哀れだが、長年の癖は突然消えてはくれない。

フロレンス王国から持ってきた、エスパニル式のものより華美な印象の衣装で身を固め、手持ち無沙汰にしているユベールに、マルコが声をかける。

「どこかに出かけますか？」

「ソフィアに会いにいくつもりだ」

幼いソフィアは覚えていないだろうけれど、会いにいく約束をした。馬を用意するよう言えば、マルコは頷きつつも付け加える。

「丸一日ではないでしょう。サロンとか庭園とか、出かけましょうよ」

ユベールの侍従長である以上、マルコの一日はユベール次第だ。おしゃべりで軟派なマルコは、ユベールに引きこもってほしくないのだろう。

「目的もないのになぜ部屋を出る必要がある」

暇つぶしにサロンで噂話をし、昼間から賭け事に散財する貴族を嫌というほど見てきた。そのほとんどは成すべきことも成さずに贅沢に溺れていただけだが、公共の場で暇つぶしをすることほど虚勢や虚栄心を煽る所業はないと思っている。

フロレンス王宮の爛れた実態を問題視してきたユベールの気持ちなど知る由もないマルコは、めげずにユベールを内殿の外へ連れ出そうとする。

「目的ですか。……では、人脈づくりはいかがでしょう」

名案だと自賛したげなマルコに根負けするかたちで、午前中にソフィアと遊んだユベールは、午餐のあとサロンに出向いた。テーブルに置かれているのがワインではなく飲み水ばかりなことに好印象を覚えつつ、女性の姿が目立つ室内を眺める。

「この場にいる者の名と位を、階級の上から順に教えてくれ。交友関係も含めてだ」

后であろうと王宮内の人間関係はすべて知っておきたい。これは権限の問題ではなく、護身のためでもある。

「話が合いそうな人間だけでいいのではないですか」

気晴らしに内殿から出たのだと思っていたのだろう。マルコは面白みがないと言いたげだが、世間話はその気になればいつでもできる。

「生憎、記憶に残す価値もない無駄話を、名前も覚えられない相手と交わすような気質ではない」

今度はマルコのほうが根負けして、二人で窓際の長椅子に座った。そして位の高い者から順に、名前と称号を耳打ちしてくれる。

「あそこにいる小太りの伯爵は、若いころに海軍で名を上げたとかで、話しだすと自慢話が止まらないのです。話しかけるなら一人のときにしてくださいね」

冗談と本音が混ざった人物紹介は、眺めているだけでも的を射ているのがわかった。口数の多さが玉に瑕だが、マルコの観察力は侮れないようだ。

それに、人付き合いが上手なようで、ユベールに関心を見せる貴族をうまく引き寄せ、挨拶が進むように気を回していた。

それでも、ほとんどの人間は値踏みするような視線を向けるだけで、ユベールと関わろうとはしなかった。むしろ、初夜の儀式が正しく行われず、アロンソの結婚が宙に浮いたままであると、いつの間に仕入れたのかテーブル越しに情報が飛び交っていた。

「違いはグラスの中身だけか」

役職のない貴族がやることは、結局どこの王宮に行っても変わらない。

どれほど歓迎されていなくて、自分の行動が拍車をかけているのか知っただけの午後は、当然のことながら後味が悪く、アロンソと二人でついた晩餐で、話題にできることはなかった。

「慣れない王宮で一人にしてしまってすまない」

「いいえ」

いつかのユベールのような、形だけの議会への参加ではなく、アロンソは国王フェデリコ四世の補佐を任されていて、精力的に活動している。兄のフェデリコ五世を失ってあいた大きな穴を埋めるために、使者を派遣するだけでいいような場所へも自ら足を運んでいるらしい。

「今日は、何をしていたのだ」

「ソフィアと遊んで、午後はサロンで挨拶を」

貴婦人のような自分の答えにうんざりする。実りのない今日のような日がこれから毎日になるとは、途方に暮れてしまいそうだ。

「誰か、話し甲斐のある者はいたか」

「名前や位を覚えるだけで精一杯でした」

「俺にできることがあれば言ってくれ。内殿に招きたい誰かができれば、自由に招くといい」

「ありがとうございます」

オメガの男、元王太子。扱いにくい妻は、国境で一度、初夜でもう一度、アロンソの顔に泥を塗ったというのに、それでも会話のある食卓にしようとする気概が、親切すぎて辛くさせる。

強引に跪かせるような尊大なひとだったらよかった。王太子だった過去を蹴散らして、矜持も自信も握りつぶすような暴君だったら、一瞬の激痛だけで妻になれたかもしれないのに。

食事のあと、身を清めたユベールは、奥歯を嚙みしめて寝台に上がった。今夜こそ契りを交わさねばならない。望んでいない行為にどう覚悟を決めればよいのかわからないまま、アロンソが寝室に入ってくるのを待った。ほどなくして現れたアロンソは、ユベールが固まっていることに気づくと、哀れむような微笑を浮かべ、寝台に上がるなり横になった。

「何もしないのですか」

情を通じなければ、婚姻は成立しない。事実を作ることを求められているのに、すこしくらい強引になろうとは思わないのだろうか。

自分の態度にも原因があるのは重々承知で、手を出そうとしない夫を見れば、アロンソは身体を起こして宥めるような苦笑を向けてくる。

「ユベールはまだ若い。無理をしないのがお互いのためになるだろう」

それだけ言って、アロンソはまた横になり、ユベールも横になるよう枕をぽんぽんと叩いて誘う。

若いと言われたのがひっかかりながら、ぎこちなく横になると、アロンソが顔を寄せてきた。思わず目を瞑ると、額にくちづけをされた。

「おやすみ」

目を閉じてしまったアロンソを見て、これでは子供を寝かしつけるようではないかと思った。途端、若いとは未熟さのことだと気づく。

アロンソは、青臭い男の妻に欲情できないのだ。自分の気持ちに精一杯で、そんな単純なことに気づけなかった。

立場にふさわしい魅力がないなど、初めての経験だ。絶望的な状況に血の気が引いていく。男の矜持を捨てたって、可愛い女にはなれない。だからといって性的欲求を駆り立てる、娼夫（しょうふ）のような態度をとるなんてできない。ユベールは売春街のオメガではないのだ。

自分が無価値に感じられて堪らない。子をもうけるくらいしか役目がない后という立場を受け入れられないできたけれど、そのたった一つの役目も、優しい言葉で拒絶されて、果たせないなんて。

息が苦しくて、夫の隣にいるのが苦しくて。張り裂けるような胸の痛みを抱えて過ごす夜は、永遠に続きそうなほど長かった。


結婚式から一月、アロンソは徐々に王太子として自信をつけていっているようで、忙しくしながらもユベールを気遣い、こまめに花を贈ってくれたり、エスパニルの名産品を取り寄せてくれたりしている。ユベールにしてみれば、姫扱いをされているようで居心地が悪いのだけれど、傍から見れば気の利く夫だ。そのうえソフィアと遊ぶ時間も作っていて、まるで家族を大切にするエスパニルの男の理想形といえる。王太子になる以前からも、両親を敬い、兄を慕う次男として評判が良かったようで、人気はさらに高まっているようだ。

対してユベールの評判は地の底にあるといってもいい。フロレンス王家を追い出されたくせに、気位ばかり高くて、結婚早々アロンソに愛想を尽かされているとか、面白みや可愛げの欠片もなく、アロンソはユベールの顔を見るのも嫌がっているとか。あまりにも評判が悪くて、地の底でとどまらずさらに穴を掘られてしまう勢いだ。

悪評の最大の原因は、夫婦の契りが起こっていないことにある。寝室の片づけをする召し使いの誰かが逐一、ユベールがアロンソと契ったかどうかを周囲に知らせているらしく、召し使いを替えても情報は洩れ続ける。情報を欲しがる貴族が召し使いに駄賃を渡すからだろう。まるで王宮が一体となってこの結婚を無効にしようとしているように感じて、ユベールの気持ちは塞ぐ一方だ。

物心がついたころから常に、逆境に立っていた。父の迷走に義理の母と弟の横暴。誰もが正すことを諦め、看過に徹しても、ユベールだけは正義を信じ、たった一人で逆風の中を歩いてきた。陰口など慣れたものだったはずなのに、今はうまく受け流せず、精神が蝕まれるのを感じている。

陰口を無視できないのは、本当に結婚が無効になる危険性を理解しているから。フロレンス王家にとって、この結婚の第一目的は同盟の継続だったが、エスパニル王家にとっては跡継ぎも大きな問題だ。オメガのユベールは発情期にしか子を孕むことはないとはいえ、后としての役目を果たすつもりがあるのか態度で示さねばならない。

だが、どれほど悪評をばら撒かれようと、アロンソと契らないことにほっとしているのも事実だ。房事を果たせばたちまち情報が王宮内を駆け抜けるのは言わずもがな、間接的に監視されながら、伴侶の秘密であるべき行為に及ぶなど不快極まりない。それに、性行為に対する嫌悪感はユベールの中で燻ったままだ。デボラがイネアスに使った悪の手口は、母マリーを惨めな死に追いやった。病で亡くなったといっても、その原因はデボラとしか思えない。デボラは肉欲でイネアスを籠絡し、マリーを呪ったのだ。

正しい関係にある二人が愛し合うなら祝福されるべきだと信じられる。アロンソとは結婚したから正しい関係と言えよう。だが、青臭いと言って自分に欲情しない夫をなんとかその気にさせて、望まない行為を無理やり果たすのは違うと思う。それでは双方が傷ついて終わるだけだ。

せめて次の発情期までは、なんとかかわせればいいのにと思っていた矢先のことだった。国王に晩餐の席へ招待された。アロンソの代父である侯爵夫妻と、王妃イザベラの友人夫婦だけの、こぢんまりとした席で、とても気楽な雰囲気だった。久しぶりに笑顔で会話ができていたユベールに、国王が声をかける。

「我が王宮には慣れたようだな」

アロンソとよく似た雄々しさを感じさせるフェデリコ四世に笑いかけられ、ユベールも微笑んで答える。

「快い日々に感謝しております」

毎日が憂鬱で、ソフィアに会う以外は一歩も私室から出たくないくらいだ。が、正直に言えるはずもなく、笑んで返すほかなかった。

外交の席だと思えば、社交辞令はいくらでも思いつく。何も問題はないかのように、姿勢よくしていると、国王に見据えられた。

「新しい環境が我が家になるには時間がかかるものだ。だが、その様子なら心配は要らないな」

夜の話をされているのだと瞬時に悟った。表情が引きつってしまわないよう、腹に力を込めるユベールに気づき、アロンソが国王に硬い視線を向ける。

「ユベールには、急がずにエスパニルの風習や文化を知ってほしいと思っています」

「結構な話だが、息子が結婚したとなれば孫を見たくなるのが親心というものだ」

アロンソには跡継ぎが必要だ。晩餐の場で指摘されるということは、フェデリコ四世はもう見逃す気がないということ。空気が一瞬にして張り詰める。

「父上、これは至極私的な話です」

「並の貴族ではない、王太子の結婚だ。私的な話で終わらないのは当然であろう」

そう言ってユベールに照準を合わせた国王は、元王太子にその責任の重さを問うている。

「月が味方になる日を待つのももっともだが、それまでに慣れておくとよいのではないか」

月を味方にするとは、懐妊しやすい時期のことで、ユベールの場合は発情期だ。それまでに慣れておけというのはつまり、婚姻を完成させることだ。

「父上――」

「ユベールはどう思うのだ？」

妻としての資質と覚悟を問う国王に、逆らえるはずもなく、ユベールは首を縦に振る。

「……おっしゃるとおりと存じます」

目を伏せてしまわないよう我慢して答えれば、フェデリコ四世は満足そうにワインを掲げる。

「我が息子たちに」

国王に応(こた)え、盃を掲げたけれど、公の場(かば)で圧力をかけられて、指先は冷たくなっている。

平静を装って、ワインを口にした。庇(たた)おうとしてくれたアロンソの気遣いを無駄にしないためにも、エスパニルの葡萄(ぶどう)を褒め称えるように、美味(おい)しそうな顔を作った。

フロレンス王子としての使命を果たさなければ。国王に釘(くぎ)を刺された今夜、自分を殺して契れなければ、同盟破棄を招きかねない。婚姻を完全なものにせねば、王太后ではいられない。

口にしたワインは、無味に感じられた。もう一度飲んでみても、やはり味がしなかった。

晩餐会のあと、入浴を済ませたユベールは、寝巻きを着ずにガウンだけを身につけ、寝台に腰かけてアロンソを待った。

夫にこの身を捧げるのは使命だ。立場を思い出せ。

先日青臭さを指摘されたばかりで、アロンソをその気にさせられるかどうかもわからないけれど、立場、立場と呪文(じゅもん)のように唱えて夫を待った。

ほどなくしてアロンソが寝室に入ってきた。そして、ガウンだけの姿で立ち上がったユベールを見て、驚きと困惑に眉を寄せる。

「ユベール」

「不慣れですから、物足りないかもしれませんが……」

アロンソの目を見られないまま、ガウンを脱いだ。肌を見せれば、その気になってくれるかもしれないと願いながら。

顔立ちは中性的でも男の身体だ。アロンソがそれを見て欲情するのかどうかなんてわからない。けれど、無理にでも進めてくれなければ困る。この結婚に課せられた使命からは、もう逃れられないのだ。

「本当に望んでいるのか」

「はい」

嘘をついた唇は、震えていた。

本心でないことに気づきながらも、アロンソはユベールの腰に手を回し、彼のほうへ強く引き寄せた。

アロンソの手は大きく、想像よりもずっと力強くて、急激に不安が押し寄せる。

大きな手が腰から上へと肌の上を這う。アロンソが怖いわけではないのに、その手は自分を贄にするようで怖くて仕方がなかった。目を瞑って恐怖に耐えていると、顎を指先で押し上げられ、唇にアロンソのそれが寄せられるのを感じた。

強張る唇を塞ごうとしたアロンソだったが、急に顔を背けてしまった。ユベールの背に触れていた手も離し、一歩下がってガウンを拾い、ユベールに着せようとする。

「私では役不足ですか」

「そうではない」

重い溜め息を吐かれ、焦ったユベールはついに言ってはいけないことを言ってしまう。

「使命を果たさなければ、この婚姻の意味がないのです」

最大限の覚悟を見せたつもりだった。娼夫のように肌を晒してまで使命を果たそうとし

た。これ以上殺せる自分は残っていない。

絶望的な無力感に襲われ、全身から血の気が引いた。顔色を悪くしたユベールを、アロンソは慌てて寝台に座らせる。

「許してくれ、ユベール。傷つけたくないのだ」

「私のことをすこしでも思うなら、無理やりにでも使命を果たさせてください」

この一月、どれほど自分を責めて、人に責められてきたか。ユベールが腹を括れずにいたのは事実でも、アロンソだって問題を先延ばしにしてきたではないか。怒りがふつふつとこみ上げ、厳しい声で言ってしまった。肩を震わせるユベールに、アロンソは胸に手を当て、項垂(うなだ)れる。

「閨(ねや)のことでユベールが非難されていたことを、今日まで気づかずにいた。愚かな俺を許してほしい。俺はただ、ユベールが望んでくれるようになるまで待ちたかっただけなのだ」

元は陸軍士官で、軍の大再編の只中(ただなか)に王太子になったのもあり、アロンソは慌ただしい毎日を送っていた。もとより噂話に興味を持つ性質ではなく、さっき国王フェデリコ四世に言われるまで、未通の事実を知られていたことにも気づいていなかったのだろう。わざとでなかったのはわかっている。しかし、放置されることでユベールがアロンソとの行為を望むようになるわけはない。

「この結婚は私の意思です」

拒否権もなく、割り切れてもいなかったが、フロレンス王国の今後にとって最善と判断してここに来た。そこにユベールの意思がなかったわけではない。

だからこの問答は終わりにして、必要な手順を済ませてしまいたい。

「ユベールは、王太子だからこそこの結婚に踏み切ったのではないか」

核心を突かれ、身体が動かなくなった。

「フロレンス王国のために人生を捧げる覚悟以外に、ユベールが俺と結婚する理由はない。国王の命令でも、ユベールなら伯爵としてフロレンス王国に残る術（すべ）もあったはずだ。妻になどなりたくなかっただろう」

気持ちを代弁するように言われ、肩の荷が音を立てて落ちていくようだった。父も弟も、誰も自分を顧みてはくれなかったのに、アロンソは同じ視点に立とうとしてくれている。

「国のために異国に来て、結婚のために自分を殺そうとするのは、さぞ痛かっただろう」

アロンソとの結婚が決まってから、毎日が自分を殺そうと戦う日々だった。王太子だった自分を殺そうとして、精神を痛め続けてきた。

わかってくれる人がいた。身体の緊張が解けて、目元が湿った。隠すように俯くと、脱力した手を握り直される。

「せめて俺の前だけでも、無理をしないでくれ」

涙目で見ると、アロンソは憐憫の眼差しを向けてくる。

「これから、長い時間を一緒に過ごすのだ。焦る必要はない」

肉体的に結ばれていなくても、神の前で結婚を誓った。アロンソはその誓いの中で生きていくことを完全に受け入れている。この結婚に対する覚悟でいうなら、アロンソのそれはユベールの覚悟を凌駕している。

「国王陛下の機嫌を損ねるわけにはいきません」

アロンソが寛容でも、外交的使命は消えてくれない。また手を力ませると、アロンソがその手をそっと包む。

「父の非礼を詫びたい。他の者も聞いていたというのに、俺たち二人のことについて口を挟むべきではなかった」

「陛下は当然のことをおっしゃいました」

「そうかもしれないが、結婚したのは俺とユベールだ。父が口を挟むべきではない」

言いきったアロンソは立ち上がり、ガウンのおとしに入れていた小瓶を二つ取り出した。

「それは何ですか」

「閨事で使われるものだ」

言いにくそうに呟いたアロンソは、寝台に小瓶の中身を落とした。

「これでいい」

見ると、透明な液体と、白く濁った糊のような液体が散らされていた。

「召し使いが良い告げ口をするだろう」

液体は性交の痕跡の代わりだった。こんな小細工までしなければならないのは、夫のものにならない自分のせいだ。罪悪感が小さな苛立ちに変わり、胸の中に引っかき傷を残した。

「ユベール、もう寝よう」

仰向けに横になったアロンソと同じように、天蓋のほうを向いて寝転んだ。自分の気持ちを顧みようとしてくれていたひとに、背を向ける気になれなかったから。

「おやすみ」

「おやすみなさい」

目を瞑ると、一粒の涙が零れた。王太子だった過去を肯定してもらえたのが、嬉しくて堪らない。胸が熱くなって心地よかったのに、アロンソの寝息が聞こえると急激に冷静になった。

王太子の自分が心の中にいるかぎり、アロンソの妻にはなれない。アロンソの気遣いも、静かな優しさも知った。ひととしての魅力は今も昔も感じている。それでも、自ら望んで契り、婚姻を完成させる日はこない。王太子は誰の妻にもならないのだ。

ありのままの自分でいていいと言ってくれるたった一人が夫という、相反する状況に気づいてしまって、今までとは違った葛藤と苦悩が生まれる。ありのままの自分では使命を果たせない。

アロンソの寛容さを無下にしたくない。けれど、ありのままの自分では使命を果たせない。

やはり王太子だった自分をなんとかして殺さねば。

眠るアロンソの横顔を見遣ると、無理をするなと言ってくれた声が頭の中に響いた。

誰かに言ってほしくて堪らなかった言葉が、これほど複雑な気持ちにさせるなんて、思ってもみなかった。


「清々しいものですね、雑音がないサロンというのは」

午餐が終わったあと、暇つぶしに出向いたサロンでマルコが大げさに言うのに、ユベールは苦笑するしかなかった。

先日の小細工の効果は覿面で、遂にアロンソとユベールが契ったという情報が王宮を駆け巡った。余計なお世話も甚だしいが、婚姻が完成されたとなるとユベールは立派なエスパニル王家の一員だ。今まで閨事が起こらないことでユベールを非難していた者も、最低でも表向きはユベールを王太后として担がねばならなくなった。

「王太后殿下、下世話な連中のことは私がきちんと覚えていますからご安心を」

恭しく頭を下げるマルコは、非難を浴びるばかりだったユベールをそばで見てきたから、掌を返す連中が気に食わないのだろう。少々不穏に聞こえる台詞は牽制だ。マルコは軟派な振る舞いに反してなかなか忠義に厚いらしい。

「王宮とはそういう場所だ」

気位の高い者が集まるのだから、王宮とは得てしてそういうものだ。冷静な声で言えば、マルコはつまらなそうな顔をした。

「それにしても、いくらオメガの男后が気に入らないとはいえ、あからさまに不満を漏らす者が多かったように感じるが、なぜだ」

アロンソと契ったことになり、その点については悩まなくなって、冷静さが戻ってきた。すると、煙たがられるにしても少々過剰だったことに気づいてしまった。

「やり手と評判の王子が嫁いでくるとなれば、身構えたくなるものでしょう」

「密偵と疑われているということか。その疑惑は拭いようがないが、それでは外国の王家との婚約自体を問題視するようなものではないか」

「密偵というよりも、夫を尻に敷いて国を乗っ取るのではないかと勘繰る者がいるわけです」

言われてみれば、あり得ないことではない。最悪の例をフロレンス王宮で嫌というほど見てきた。長として一国を背負う意味も知らぬデボラが、私利私欲のためにイネアスを籠絡して操り、国をめちゃくちゃにしている。

逆に、妻のほうが執政の才に秀でていたら、夫を差し置いて国を導くことも可能ということだ。

「なるほど。できなくはないかもしれないな」

そんなつもりは毛頭ないので冗談口調で言ったのだが、マルコは微妙な表情になった。

「なんだ。すこしくらい冗談を言ってもいいだろう」

「冗談に聞こえないから怖がられるのです」

「怖がられていたのか」

正直なマルコのおかげで、周りから見た自分のことがよくわかってきた。要するに、王太子としての評価が高かったために、アロンソにとっての脅威と思われているのだ。当のアロンソは、ユベールに王太子としての自分を捨てるなと言ってくれたのに。皮肉なこともあったものだ。

「あとは、アロンソにはブリュテンの姫との婚約話があったのですよ。話が固まりかけたころにあの事故があって。やっと落ち着いたと思ったら今度はユベール殿下との婚約の話が舞い込んで、アロンソが若干強引にユベール殿下を選んだのです」

フロレンス王国と百年越しに同盟を結んだばかりのエスパニル王国が、積極的にブリュテンとの関係構築に動いていたのは少々意外だ。ブリュテンはエスパニルと同様、海洋進出の長い歴史があって、暗黙の敵対心もそのぶん積もっているはず。

現王フェデリコ四世は、いままでのエスパニル王とは対照的な策略家のようだ。国力の弱体化が否めない、西洋圏で最も友好国が多いフロレンス王家とまず同盟を結び、次は対抗国に笑顔で近づくとは。

「なぜアロンソは私を選んだのだ」

ソフィアとフェデリコ五世が失われたからといって、フロレンス側から同盟解消を申し出ないことはわかっていたはずだ。ブリュテン王家と婚姻を結べば貿易や防衛で新しい実がなるというのに、どう考えても扱いづらい自分を選んだのはなぜか。

不思議に感じただけなのに、マルコは呆れたような顔をする。

「それはご自分で訊いてください」

アロンソの真意を推知できないからといって、冷たいことを言わなくてもいいのに。納得がいかない気分になって、唇を歪ませると、マルコはわざとらしく咳払いをする。

「ともかく、ユベール殿下はブリュテン王家の血を引いていらっしゃるので、陛下もお認めになったのですがね。ブリュテン王家と親戚になりたがっていた王族もそれなりにいたわけです」

「なるほど。そういうわけか」

フェデリコ四世もアロンソも、かなりの策士だ。フロレンス王家からユベールがいなくなれば、ブリュテンがフロレンスと友好関係にある理由が消える。そのうえで、ユベールが他でもないエスパニル王家に入れば、ブリュテン王家はユベールを介した親戚として、エスパニル王家に歩み寄る可能性が高い。ブリュテンの後ろ盾を失えばフロレンス王家は弱体化する。そこをエスパニル王家が狙うつもりかもしれない。なぜならユベールが本来のフロレンス王位継承者だからだ。

もしフロレンス王家の弱体化を待って、ユベールの名のもとにフロレンス王国の所有権を主張する気なら、アロンソこそ紛れもない王太子だ。

「どうやら私は、アロンソをみくびっていたようだ」

ユベールの中で、アロンソは兄に忠誠を尽くす弟のままだった。意識を変える必要性を感じながら、予定している衣装合わせに向かうため立ち上がると、マルコは訝しげな顔をする。

「難しく考えてはいませんか」

「いや、単純なことを思い出しただけだ」

フロレンスとブリュテンの友好が途切れる可能性については、ユベール自身がイネアスに指摘したことだ。邪推でもなんでもない。

内殿に着き、私室へ入ると、仕立て師と助手、そしてアロンソが待っていた。

「新しい衣装を仕立てると聞いて来た」

「ええ。持ってきた衣装では目立ちますから」

フロレンス式の上着は襟がない丸首で、エスパニル式は高い折り返しの襟がある。色や柄もフロレンス式は明るく、エスパニル王国では随分目立つ。それでも婚礼衣装以降仕立ててこなかった。理由は単純で、興味が湧かなかったからだ。それもまた反感を買う原因だったのだろうことは、今は理解している。だからこそ仕立て師を呼んだのだ。

仕立て師に採寸をさせるため、上着やクラバットを外すと、首元の首輪が露わになった。すると、仕立て師の手が一瞬止まった。初めて首輪を見たのだろう。

無意識に唇を結んだユベールに気づいて、アロンソが並べられている色とりどりの生地を指さした。

「フロレンス式の要素を取り入れてみるのはどうだろうか。明るい色の生地のほうが、ユベールによく似合う」

「男性の衣装の色に意味があるわけではないのですか？」

「特定の儀式などには決まった色を着るが、兵士でもないかぎり毎日同じ色を着る必要はない。我々は着飾り方を知らないだけだ」

過ぎるくらい正直に言われてしまい、なかば呆気にとられるユベールを見て、マルコが助太刀に入る。

「ソフィア殿下の影響で、女性の衣装は随分明るくなったのですよ」

「そうだったのか」

男性はとことん雄々しさを追求し、女性は蝶よ花よと愛でられる存在なのだと思っていたが、衣装の差がまさかソフィアの影響だったとは。

「衣装の形も、同じようなものばかりで、退屈なのは否めない。ユベールが新しい着こなしを考えてくれないかと思っていた」

「私が？」

アロンソの表情は真剣そのもので、マルコまで真面目な顔でユベールの返事を待っている。

「女性的なものができかねませんよ」

荷ほどきをした日、マルコはユベールの衣装を見て女性的だと言った。ちらりと顔を見ると、マルコは慌てて胸の前で手を振る。

「剣を花に変身させるような、劇的な変化だとついていける者が限られてしまうような……」

いきなり花柄や淡い色合いの全部を取り入れようとしても、抵抗を生むだけかもしれない。もっともなことを言って、初日の発言を誤魔化したマルコは、仕立て師と助手に持ってきた生地を広げてみせるように指示する。

「形は変えずに、たとえば、この紺色の生地に、大きめの刺繍を足すとよいのでは」

仕立て師が持ってきたのは無地の生地ばかりで、上質だが少々つまらないのは否めなかった。模様が織り込まれていないなら、刺繍で華やかさを加えるほかない。

「あとは、レースがもうすこしあれば良いかもしれません」

釦やレースを生地の上に重ねて置き、アロンソを見ると、折衷案を気に入っているようだった。自分の衣装にも取り入れたそうな表情からは、いつかフロレンス王国を制するといった野心や野望は一切感じられない。

勘繰りすぎだろうか。それなら、なぜブリュテンの王女でなくオメガの元王太子を選んだのだろう。

わかりやすい利益以外、他は思い当たらない。気になるけれど、訊くのは憚られて、目の前の衣装合わせに意識を戻す。

「問題なのは、こうして素材を重ねていくと、費用がかさむことです。衣装を明るくするなら、飾りよりも色合いを変えるほうが良いかと」

流行は技術の発展に寄与するが、人々の散財を招く可能性もある。かつては身持ちの堅かったはずのフロレンスの貴族が爛れていったのは、王宮に集って見栄を張り合ったからだ。エスパニルもフェデリコ四世が集権の象徴である王宮を建て、貴族を呼び寄せるつもりだろう。不必要な贅沢を持ち込んで、フロレンス王国の二の舞にはしたくない。

「私の持ってきた衣装を見せましょう」

装飾がなくても華やかに見える色柄の衣装を見せ、仕立て師に似たような生地を次回持ってくるよう頼んだ。今日は新調しないで終わるかと思いきや、アロンソは一着仕立てるよう勧めてくる。

「さっきのレースを重ねる案はよかった。一着仕立ててみてほしい」

「あまり目立つ衣装は……」

母国の服を着て目立つのは仕方がなくとも、アロンソより目立ちかねない衣装は新調できない。装飾を増やすと費用が増すのは誰の目にだって明らかだ。ただでさえこの国を乗っ取るつもりなどと邪推されているのに、アロンソより高価な衣装は着られない。

「一緒に新しい服装を試そう。俺のぶんも組み合わせを見繕ってほしい」

気を遣わせたのかと危惧(きぐ)したが、アロンソはどこか楽しげに採寸をして、ユベールが生地と飾りの組み合わせを考えるのを待っていた。

「この深緑は、瞳(ひとみ)と肌の色によく合うと思います」

胸から肩にかけて生地をあてがうと、アロンソの整った容姿を引き立てる絶妙な色だったことに気づいた。貫禄(かんろく)にすこしの色気が混じって、若い王太子らしくて良い。

「とてもよくお似合いです」

「ありがとう。仕上がりが楽しみだ」

装飾の組み合わせも気に入った様子で、アロンソは足取り軽く執務に戻っていった。アロンソの役に立てたなら光栄だが、喜んでくれたのが衣装選びというのが、複雑な気持ちにさせる。

心は王太子のままでいればいいと言ってくれた。けれどアロンソは、おそらく無意識に、妻らしさを求めている。衣装選びはその最たるものではないだろうか。

そして一番の問題は、エスパニル王家の乗っ取りを疑われていることだ。王太子の意識を持ち続ければ、本当にアロンソの脅威として見なされることになる。不調和を生むのは自明の理で、アロンソの王位継承に影を落とすような真似（まね）は絶対にしたくない。

次の発情期には、何がなんでも番にならねば。本能から従うようになれば、すべては解決する。

諦めさせてほしいのだ。自分ではどうしても、十八年間信じてきた自分を殺しきれないから。

妻になりきれぬまま数週間、人生で三度目の、王太后として初めての発情期を迎えた。

「王太子殿下に伝えてくれ」

一人きりの昼食後に、身体の異変を感じたユベールは、そうマルコに言づけて寝室に籠（こも）った。

オメガ性については謎（なぞ）も多い。広く知られているのは、発情中にアルファにうなじを噛まれると、本能的な番となり、その後発情中は番の子を孕める身体になることだ。オメガにとって番は一人だけで、どちらかが死ぬまで本能的な繋がりは消えない。だから、結婚相手と番うまで、オメガは首輪でうなじを守る。

身体の奥から湧き上がる淫らな欲求に悶えながら、ユベールはどこか安堵していた。抑えられない欲求に思考が乱れている今なら、妻になる葛藤がかき消されて、心に痛みを感じずにアロンソの番になれる。

次々湧いてくる性的欲求は、気持ち悪くて不潔にすら感じて、行為に及ぶのを想像しようとしただけで吐き気がする。だがこれは、アロンソに対する嫌悪感では決してない。長年苦しめられてきたフロレンス王家のせいだ。

番ができれば、本能から性に従順になって、この苦痛は終わるのだろうか。番ができないかぎり、首輪を外すこともままならないのだから、アロンソのように穏やかな男が番になるのは悪い話ではないのかもしれない。

番という、本能から自分が書き換えられるような未知の経験を前に慄きながら、ユベールはアロンソと番う意義を必死になって並べた。けれど、不快な寝返りを何度うっても、アロンソは来なかった。

欲求と精神的葛藤は六日間続いた。

発情が終わり、久しぶりに落ち着いて朝食を摂ったころ、アロンソが見舞いに来た。片手に花束を抱え、心配そうに寝室に入ってくる姿を見て、胃の下から怒りが湧いてくるのを感じた。

「どうして、発情中に来なかったのですか」

体力と気力を消耗したせいで気が短くなっていて、思わずきつい言い方をしていた。花束を抱えたアロンソは、視線を足元に落としてから、ユベールのほうを見る。

「来るべきかどうか、わからなかった」

「私を番にするのは、あなたの使命でしょうっ」

声を荒らげ、衝動のまま椅子の肘置き(ひじおき)に拳(こぶし)を振り下ろした。感情を爆発させたユベールの剣幕に吃驚(びっくり)しながらも、アロンソは譲ろうとしない。

「俺はどうしても、無理を強いたくないし、急ぎたくもない」

「発情がどれほど惨めか、殿下はご存じない。首輪がどれほど窮屈か、ご存じでないからそんなことが言えるのです。私のためと言うなら、この発情中に首を噛んでほしかった。私はアルファに支配されるしかないオメガです。王太子でもなんでもない、オメガの妻です」

どれほど否定しようとしても、王太子と妻という立場は相容(あいい)れないのが現実だ。王太子の過去を引きずるほうがよほど辛い。ユベールを思うと言うなら、番にして未練を断ち切ることで示してほしかった。

「半端にして放っておくなど、酷い仕打ちではありませんか」

「お願いだ、ユベール。そんなふうに言わないでくれ」

悲痛な表情で言って、アロンソはユベールのそばに膝をついた。そして花束を床に置き、両手でユベールの手を握る。

「強引な始まりで一生消えない傷を作りたくなかった。肌に触れるのは、求め合う二人のあいだでだけ起こるべきことだ。初めてを強制してしまえば、二度と望まないようになるだろう。だから、自然と求め合うようになるまで待ちたかった」

気持ちを伴わない行為で心に傷を残してしまわないためだったと言われ、それを否定しようとは思わなかった。が、荒んでしまっている心では、言葉どおりに受け止められなかった。

「私に相応の魅力を感じていないから、時間という気休めが欲しかったのではないですか」

青臭いと言ったではないか。きっと睨むように見ると、驚嘆されてしまう。

「何を言っているのだ。俺は二年前に出逢ったときにはもう、一目で惹かれていた」

「……二年前？」

「初めて会った日の、王宮を背に堂々と立つユベールの姿を今でもはっきり覚えている。まだ十五、六の歳だったのに、気高くて風格があって、圧倒された」

鮮明な記憶が目の前に広がっているかのように、出逢った日を思い起こすアロンソの瞳が輝く。ユベールの中にも、同じ記憶がはっきりと残っている。あのときアロンソは、初めてひとを美しいと褒めたといって照れていた。そして、ユベールの幸せのためにも、ソフィアを支えると誓ってくれた。

あのときの二人には、今の状況は想像もできなかったから、義理の兄弟として、友としてしか関係は築けなかった。ユベールの頭の中に結婚の文字はなく、アロンソに特別な感情を抱く可能性を微塵も考えていなかった。けれど、年上のアロンソは、利害と友情以外の人間関係を知っていたのだ。

「ユベールは、当時の兄よりも重い荷を背負っていたように感じた。兄も意欲的な王太子だったが、追い風があってこそ本領を発揮できる人だった。ユベールの置かれていた状況は似ても似つかなかっただろう。それでも、王太子として輝きを放っていたユベールに何度も目を奪われた。そして、強さの裏にある姉を思う優しい人柄を知ったとき、これ以上誰かに惹かれることはないと確信した」

予期しなかった告白に、開いてしまっていた口をきゅっと閉じる。意外だったのと、初めて好意を伝えられて嬉しいのと。他にも未知の感情がぷくぷくと生まれ、胸がざわめきたつ。

「ブリュテンの王女でなく私を選んだのは…」

見つめる。

「好きなひとと結ばれたかったからだ」

呆然とするユベールの手を握り直したアロンソは、これ以上ないほどまっすぐ青い瞳を見つめる。

「今も、ユベールへの敬意は変わらない。ここはエスパニル王国で、王太子の称号を捧げることは叶わないけれど、気高く志高い王子のままでいてくれ。俺は、そんなユベールに敬愛を抱いてもらえるような王太子になりたいと思っている」

王太子のままでいればいいと言ってくれた裏には、これほど深い意味があったのか。

「なぜもっと早くに言ってくれなかったのですか」

これほどの深慮と感情があったなら、一日でも早く知りたかった。知っていたら、アロンソを責めるようなことはしなかった。

「仕方のないことだったのはわかっているが、俺との結婚をひどく不本意に感じているようだったから、伝える機会を見失ってしまった。順序が悪かったことを今はとても後悔している」

ユベールの態度が大きな要因なのに、アロンソは心底申し訳なさそうに目を伏せる。

「結ばれるはずがないと思っていたユベールと婚約して、けれど手放しに喜べず、困惑していたのもある。だが辛かったのはユベールだ。もっと気遣うべきだった」

アロンソだって辛かったのに。険しい言い方をしたことを詫びる代わりに手を握り返せば、アロンソは凜々(りり)しい目元でもう一度ユベールを見上げる。

「できるなら、互いを知るところからもう一度始めたい。今度は、ただの人同士として。伴侶には称号も立場もないのだから」

体裁など構わず想いを伝えるアロンソは、王子でもなんでもない、一人の男で、誰よりも真摯(しんし)にユベールを見つめている。

寡黙なはずの男が、心を言葉にする姿が、ユベールの心を覆っていた幾重もの殻をぽろりとはがした。その殻は、ユベールを王太子たらしめていた支えであり、フロレンスの王子として生きてくるのに必要だった鎧(よろい)でもある。

はがれた殻が散り散りになって消えていく感覚がして、耳がよく聞こえるようになったような、息がうまくできるようになったような、清々しさを覚えた。

「私も、アロンソをもっと知りたい」

寡黙で生真面目な男の情熱的な一面は、殻が落ちた心を温めてくれる。蠟燭に火を灯(とも)すような温かさだ。花火を燃やすような一瞬の熱と光ではないのが、最期まで共に生きることを考えてくれているのだと伝えてくる。

「ユベールはまだ若い。使命を果たすことよりも、まずは日々を楽しむことを考えよう。ユベールの堅実さは美徳だと思うが、楽しみをある程度知ってからでも遅くはないはずだ」

王国のために生きてきたユベールも、一度肩の荷を下ろして、一人の若者として、当たり前の楽しみを知るといい。そう優しく背中を押され、以前若いと言われたときに、青臭さを指摘されたのではなかったことにやっと気づいた。誤解をしたのは、凝り固まっていたせいだ。自嘲の笑みを溢すと、アロンソは何か勘違いをしたようで、慌てだす。

「もし、二年前のことが気になっているなら説明させてほしい。ユベールに見惚れ、心を奪われたのは確かだが、少年だったユベールに対して不適切な欲を抱いたことはない。神に誓ってないと言える」

突然なんの話かと思えば、どうやら、当時十六歳だったユベールに対し、性的な想像をしたと疑われていると思ったようだ。言われなければ気づかなかったのに、掘らずに済んだはずの墓穴に動揺するのが面白くて、思わず声を上げて笑った。

「すまない。おかしなことを言って」

「いいえ。アロンソが誠実なのは、わかっているつもりです」

思い出し笑いをしそうなユベールに照れつつ咳払いをしたアロンソは、目元に真剣な色を映す。

「いつか子供に恵まれるなら、同盟の象徴には絶対にしたくない。ソフィアのように、愛の結晶として生まれてきてほしい。そして、愛し合う伴侶の愛情に包まれて、健やかに育ってほしい」

アロンソの描く家族の肖像が、とても情熱的で驚いた。アロンソが求めているのは、真の愛情なのだ。

愛情などほど遠い王家で育ったから、子供に愛されて育ってほしいという願いはユベールも同じだ。微笑んで頷けば、アロンソは嬉しそうに笑って、ユベールの手の甲にくちづけをする。

「二人で共に幸福を築こう」

伴侶として、同じ目線で、一緒に幸福な未来を歩もう。真摯な微笑みは、紛れもないエスパニルの男のものだ。家族を何よりも大切にする、誇り高きエスパニルの男。

「あなたと共に生きていける私は、果報者です」

これ以上ユベールの幸せを願い、叶えようとしてくれるひとはこの世にはいない。ただのユベールと、一緒に幸せになろうと言ってくれるのは、アロンソだけだ。

二つの王国の、利益のためだけの結婚だったはず。そこに幸福など望むべくもない、そう思い込んでいた。王子の結婚に感情など存在しない。結婚がどんなものかも知らない、年端もいかないころから希望を捨てていた。

自分の今までが不憫（ふびん）で、目を瞑ると瞼（まぶた）の裏が熱くなった。こみ上げてくるものを押し戻し、目を開くと、情熱に満ちた瞳と視線が絡んだ。

つきものが落ちたように晴れやかな気分だ。物心がついたころから王太子として常に気を張って生きてきて、今度は王太后にふさわしくなろうとして疲弊して。生まれてこのかた、一人の自由な人間だったことがなかった。けれど今は、お互いを知って、幸せになろうと言ってくれたアロンソの心意気のおかげで、幸せを探そうとするただのユベールになれている気がする。

するると、世界が大きく変わったような感覚が芽生えた。立場にふさわしいかどうか、何かにつけて逐一気になっていたことがひっかからなくなり、人の長所がよく見えるようになった。気遣いを察せられるようにもなって、気持ちがどんどん明るくなっていく。

アロンソは彼の言葉どおり、ユベールが好意を抱きたくなるようなことをたくさんしてくれるようになった。ユベールが正直に話すようになったから、喜ばせ方がわかるようになったからだとか。狩りに行きたいと言えば翌日には都合をつけて、遠出がしてみたいと言えば、兵舎の視察に合わせて王宮を連れ出してくれる。王国を支える人、組織を知っていくことで、エスパニル王家の一員になった自覚も根づき、この国の将来について建設的に考えるようになった。自分が治めるわけではなくても、己の知恵や知識を役立てたいと素直に感じる。立場に関係なく、目の前にある国や領地をより良くしたいと思わずにはいられない人間なのだ。自分のことがよくわかって、寂しいくらい固い殻にこもって、周りが見えていなかったことを痛感した。そして、夫に従うだけの立場を己に強制した結果、小さな希望も伝えられていないかったことも。結婚から三か月が経ってやっと、根本的なことを理解した。

「この小銃の精度は素晴らしい。射程距離も長いのに、弾道がぶれていません。弾丸も小さいのに威力がありますね」

アロンソと一緒に、エスパニル王国軍が装備する新型の小銃を試し撃ちしていたユベールは、林のあいだに立てられた鹿を模した的にいくつも銃弾を命中させた。

「射撃まで優秀なのだな。おそれいった」

「これからの時代は火薬の扱い方が国々の力を決めると思ったので、銃と大砲については色々と調べていました」

「ユベールの勤勉さにはどれほど感心してもしきれない」

「必要な知識になると思っていましたから」

正直に言ってしまってから、困らせるだけだと気づいた。己の知恵がアロンソの役に立てばとは思ったが、后は相談された場合にだけ応える存在だ。王太子の位に未練があるようなことは言うべきではなかった。だが、いくら後悔しようと、言葉は口の中に戻ってくるものではない。

知識は多くて困ることはない、なんて、つまらない言い訳が頭に浮かんで苦笑すると、アロンソが唇の端を歪めた。

「俺は兄を慕うばかりだった。今も、兄ほど王の器ではないと感じている。だが、ユベールがそばにいてくれれば、兄がなろうとしていたような、良き王になれると思う。俺一人では頼りないことも、ユベールの知性を借りられればうまくいくだろう」

微笑を向けてきたアロンソだけれど、目元には不安の色がすこし、映っている。

「ユベールには正式に議会に入ってほしいと思っている。ただ、その時期には慎重にならざるを得ない。あまり急いては不必要な警戒を招いてしまうから」

「私は王太后です。それ以上の役目を与えてくださらなくともよいのですよ」

以前の肩書きを気にして、なんとか議会に席を作ろうとしてくれているのだろう。だが、無理を通してほしくないし、役目が与えられなくてもいい。アロンソの個人的な相談役として知恵を出すだけでいいのだ。

本心からの言葉だったが、アロンソはどうしてもと言う。

「俺が至らないことで、議会に頼ることも多くなるだろう。そのときに、若くて才覚のあるユベールがいてくれれば心強い」

敬愛していた兄の代わりになるために、懸命に考えてきたのだろう。それはつまり、アロンソの志が高いからだ。立場を利用するだけで確固とした動機も目標もないなら、悩んだり不安になったりはしない。

「もうすこし自信をお持ちになられたほうがよいと思います」

力になりたくないわけではなく、凝り固まっていたユベールの心を熱意で溶かすほどの真摯さと、己の働きを厳しい目で見る勇気を、誇りに思ってほしかった。

自分の魅力には鈍感な夫に屈託ない笑みを向けると、心底嬉しそうにされて照れてしまった。アロンソこそ男性としての魅力がたくさん揃（そろ）っているのに、そんなに喜ばれては困る。

今までの態度が悪かったから、アロンソ自身の資質や長所をきちんと理解していることが伝わっていなかったのか。やっと気づいたユベールは、慣れないながらも伝えることにする。だが面と向かって言うのは恥ずかしいので、銃を構える横顔に話しかけた。

「アロンソのことは、今も昔も、知性的で誠実で、男性としての魅力も揃っていると思っています」

言い終えた瞬間に発砲音がしたが、的に当たった音はしなかった。銃口を見ると的から逸（そ）れていて、アロンソは信じられないものを見たような、複雑な顔をしている。

「すみません。照準を合わせたときに話しかけてしまって」

「いや、そうではなくて、ありがたいと思っただけだ」

銃を下ろし、ユベールに向き直ったアロンソは、ものすごく照れていた。褒められ慣れているはずなのに、謙虚なひとだ。

自然と笑んでいると、アロンソも穏やかに笑った。

「ユベールの笑顔はとても綺麗だ。華々しい気分にさせる魅力がある。真剣な表情も気高くて思わず跪きたくなるけれど、俺は笑顔のほうがより好きだ」

しみじみと言われ、嬉しさと寂しさが胸の中で入り混じる。

王太子としての自分は作り笑顔ばかり得意になって、自然と微笑むことはほとんどなかった。フロレンス王国一の美女と呼び声高かったソフィアや母マリーとよく似ているから、自分の笑顔も華やかで可憐だったとしても不思議ではない。そうだろうとは感じていたからこそ、交渉や外交の武器として活用してきたけれど、人としての魅力や愛嬌であることを忘れてしまうくらい、笑顔を見せたいときも、笑顔を引き出してくれる友もなかった。

「ユベールにはもっと笑っていてほしいのに、気の利いた冗談が言えないのが口惜しい」

ひとりごちるように呟かれ、くすぐったい気分になった。くすぐったくて、嬉しくて。冗談を聞くよりももっと、屈託なく笑っていた。

笑いたいときに笑うことで喜んでくれるひとが、すぐそばにいる。

その実感が湧いた瞬間から、ユベールの命中率も下がってしまった。

　新しい衣装を着たユベールは、明るい色と柔らかい印象の刺繍に人々がどんな反応をするか探るため、マルコを連れて王宮を散策しに出かけた。ユベールとアロンソの距離が縮んだのが知られるようになったからか、批判的な視線は感じず、むしろ斬新さへの興味を感じた。しかし、番になっていないことも知れ渡っているせいで、ユベールが通り過ぎると背後でたちまち番にならなかった理由を憶測する陰口が飛び交った。

　エスパニル王家の将来に関わることだから、人々の関心が向くのはよくわかっているつもりだ。それに、マルコにも言ったが王宮とはそういう場所だ。特に気にせず、散策を続けていると、よく知っている音楽が聞こえた。三拍子の軽やかな音色は、姉の好きだった舞曲だった。

　小広間の扉が開いていて、音はそこから漏れている。近づくと、話し声も聞こえてきて、何人かが練習をしているのがわかった。

　邪魔をしないようにそっと小広間を覗くと、ユベールと同じ年ごろの若い男女がガヴォットを練習していた。確か、結婚式後の舞踏会でも踊っていた数少ない若者だ。フロレンス出身であろう年配の女性教師が教えているけれど、男性たちの覚えがあまり良くないのが見ていてわかる。

　おそらく、良い手本を見たことがないからだ。

　教師は丁寧に説明をしているが、動きを見せるのはままならないようで、キレがない手本はもどかしい気分にさせる。一方、女性たちは上手に舞っている。結婚式の日は精神的余裕がなくて踊りの質まで見ていなかったけれど、男女が対になると力量の差が出てしまって、流れが悪くなっている。

居ても立ってもいられなくなり、小広間に入ると、ユベールの姿を見た教師が驚いてから深く頭を下げた。生徒の男女も、ユベールの存在に気づくなり深く敬礼する。

「久しぶりに舞曲を聞いた。私も混ぜてはくれないだろうか」

良い手本になる自信がある。とは言わずに、一緒に踊りたいだけのように言ってみれば、若者たちはぱっと表情を明るくした。

「もちろんです、殿下。私はグラノダ伯爵家三男のルカスと申します」

一番活発そうな青年ルカスが、皆の代表とばかりにユベールを迎え入れる。簡単に自己紹介をしてくれた青年たちは、階級とは縁遠い下位貴族の次男、三男だった。身なりも身分相応といったところか。明るい色の生地に刺繍の入ったユベールの衣装に興味津々といった様子だ。

「随分踊っていないから、鈍っているかもしれないが」

謙遜（けんそん）しつつ、一人の女性の前に立ち、手を差し出す。ちょうど女性が男性よりも一人多かったから、さっきの練習で一人の女性が余ってしまっていた。后として嫁入りしたとはいえ、ユベールはれっきとした王子だ。手を差し出すと、女性は照れた様子でお辞儀をする。

　母国の王子が参加することを誉れに感じているようで、教師の背筋がさっきより伸びた。演奏家の士気も上がり、小広間の空気が引き締まる。

　音楽が流れると、ユベールの身体は自然と動いた。しばらく踊っていなかったのに、遅れることも間違うこともなく、優雅な動きを披露できた。本物の男性の踊りを視覚から吸収しようとするルカスたちの、熱心な視線を感じる。最後に踊ったのは見栄えを気にする者ばかりの舞踏会だったから、真剣に学ぼうとするルカスたちの視線は新鮮だった。

「移動するときは、女性の歩幅に注意して、急かすことのないように」

　男性側の動き方に助言しつつ、疲れるまで踊った。小広間には一体感が漂って、誰からともなく椅子に腰かけたとき、ふと、最愛の姉の可憐な笑顔が頭に浮かんだ。

「幼いころから姉と踊っていたおかげで、久しぶりでも間違わずに済んだ」

　やっと歩けるようになったころにはソフィアに踊りの相手をさせられていた。おかげで、十歳で爵位に就いたころには社交界の大人も凌ぐ踊り手に成長していた。数か月ふさぎ込むくらいでは、ソフィアと練習に励んだ踊りを忘れることはないのだ。

　懐かしさに目を細めると、ルカスたちは一斉に哀惜の表情をうかべた。

「姉と懇意にしてくれていたのか」

　なぜ女性のほうが上手に踊っていたのか、やっと気づいた。確信を持って見つめると、ルカスは寂し気な微笑みを浮かべる。

「殿下がご到着されてすぐから、舞踏を通して懇意にしていただきました」

「フロレンス王国から教師を呼んでくださったのもソフィア殿下でした」

「教師が来る前は、殿下が教えてくださったのです」

口々にソフィアとの思い出を話すルカスたちは、ソフィアの嫁入り前から外国の宮廷文化に興味を持っていたようだ。人懐っこいソフィアが音楽や踊りを持ち込んだのは彼らにとって絶好の機会だったのだろう。大好きな踊りを通して友人ができたソフィアは、娘にも恵まれて、幸せに暮らしていた。

「姉はフェデリコ殿下と仲良く暮らしていたのか」

「それはもう仲睦(なかむつ)まじく。初めてソフィア殿下とお会いになったとき、フェデリコ殿下は一目で恋に落ちたのですよ」

フェデリコ五世の侍従の一人だったというルカスは、ソフィアがエスパニル王国に到着した日のことをまるで昨日のことのように話す。

「天幕からお出でになったソフィア殿下を見て、フェデリコ殿下は息を詰まらせました。そして、ソフィア殿下からご挨拶をなさる予定だったのに、フェデリコ殿下は思わずといった様子でソフィア殿下の前に跪いて、手をお取りになりました」

美しいソフィアの可憐な笑みに魅せられて、胸を高鳴らせて手を取るフェデリコ五世が目に浮かぶ。たぐいまれな美貌だけでなく、内面まで美しいソフィアを妻に迎える男は誰だって世界一の幸せ者になったと感じるだろう。

「フェデリコ殿下があれほど目を輝かせているのは見たことがありませんでした。ご結婚されてから、フェデリコ殿下は執務以外のときは必ずソフィア殿下と一緒でした」

「どこに行くにも手を繋いでいらしたわ」

「フェデリコ殿下があまりにも見つめるものだから、ソフィア殿下は照れて困っていらしたのよ」

口々に話すルカスたちは、仲睦まじい二人の幸せを己がことのように喜んでいたようだ。幸福が字面に表れていたソフィアからの手紙は、誠に幸せの知らせだった。フロレンス王家で苦しんだぶんまで、愛されて、幸せに生きていた。

身近にいたルカスたちの話は鮮明で、目を閉じると幸福に包まれたソフィアの溢れんばかりの笑顔がそこにあるような気分になった。

「ソフィア殿下はとても謙虚な方だったのに、ユベール殿下のことだけは誇らしげに話していらっしゃいました」

ルカスが言ったのに、幸せな結婚生活の中で、ソフィアがずっとユベールのことを考えてくれていたのを改めて感じた。二つの王家の友好は、ユベールが王となる日のために。異国に嫁ぐソフィアの最大の願いは、ユベールの輝かしい戴冠と将来だった。誰よりもユベールを愛してくれたソフィアは、次期国王のはずだったユベールをエスパニルの人々が好きになってくれるよう、称賛してくれていたのだろう。ユベールが王位に就く未来はエスパニル王国のためになると、布石を敷いてくれていたのだ。

聡明(そうめい)な姉の思いやりを感じ、悔しさがこみ上げる。ソフィアにとっても、エスパニル王国にとっても、自分は期待外れだ。なりたくてなったわけではなくても、期待を裏切ったことに変わりはない。

「生まれてすぐ母を亡くしたから、姉は母代わりでもあった。可憐なひとだったけれど、とても芯(しん)が強い王女だったのだよ」

懐かしさと寂しさに目を伏せると、ソフィアが残した足跡の尊さに気づいた。目の前にあるのは、友情の輪によって広がった二国の自然な交流だ。心に響き、残る、本物の友好を受け継ぐことができるのは、自分ではないか。今の自分にできる、ソフィアへの最大の恩返しは、ソフィアが植えた種を開花させること。

「次回も参加してよいだろうか」

「もちろんです。実をいうと、殿下に学べればよいなと願っておりました」

ルカスが嬉しそうに言ったとき、教師が出入り口に向かって深く頭を下げた。

そちらを見ると、アロンソが小広間に入ってくるところだった。王太子に気づいたルカスたちは急いで立ち上がり、エスパニルの厳しい規律に沿った敬礼をする。ユベールも立ち上がろうとすると、仕草で止められた。

「そろそろ戻ろう。晩餐の時間だ」

軍の用で外出していたアロンソは、将校用の軍服を着ていて、そのせいもあってか表情が硬く見える。

時計を確認すると、晩餐の時間まであと半時間もなかった。間に合うよう内殿に戻るつもりだったが、あえて呼び戻されると自分の都合を無視されているようで唇を尖(とが)らせたい気分になる。ルカスたちも、時間を忘れていたことに負い目を感じているようで、ユベールが去りやすいよう道を開けようとする。

苦い空気が流れるのに気づいたアロンソは、すこし大げさに両手を広げた。

「皆の席も用意している。ぜひ内殿に来てくれ」

「私たちも？」

一瞬、呆(ほう)けた顔をしたルカスたちは、アロンソの意図に気づくと歓喜の表情を浮かべた。

「アロンソ……」

「たまには大勢で食事をするのもいいだろう」

ユベールが初めて同世代の若者と踊りに興じていたのを知って、急遽(きゅうきょ)小さな晩餐会を整えてくれたようだ。招待しに来たというのに、表情が追いついていなくて、まるで門限を課す気で来たように見えてしまった。

王に次ぐ地位が板について、威厳が増したということだろうか。ともかく、ルカスたちは王太子の食卓に招かれたことに大喜びで、それこそ踊り出してしまいそうなのを抑えている。

「一足先に失礼する」

目くばせに気づき、立ち上がったユベールは会釈をしてからアロンソの後を追った。その後ろをアロンソの近侍とマルコがついてくる。

どうやら、気づかぬあいだにマルコが小広間でのことをアロンソに伝えていたようだ。

振り返ると、器用に片目を瞑ってみせてくる。

前に向き直ると、振り返ったアロンソと目が合った。口角を上げたアロンソは、くいっと顎を動かして、隣に並ぶよう誘う。

「彼らとは親しくなれそうか」

「ええ。全員がとても熱心で、姉とも親しかったようです」

「そうか。年齢も近いようだし、これからはどんどん誘うといい」

微笑むアロンソは、ユベールに友人ができたことを喜んでくれていた。

「これほど自然に友ができたのは初めてです」

楽しそうだから仲間に加わろうという、単純なきっかけで友人ができたのは初めての経験だ。アロンソが凝り固まっていた心をほどいてくれたから、自分でも気づかないうちに新しいことができるようになっている。利害なしの交友関係づくりを目新しく感じることを寂しく思いながらも微笑み返せば、アロンソは眉尻を下げる。

「俺はあまり社交的ではないから、もとより友人が多いわけではないが、立場によっては友人選びも慎重にならざるを得ないことを、身をもって学んでいるところだ。ユベールにはそのぶんも、交友関係を広げてほしい」

一国を治めるには、友情や愛情までも、どこかで線を引かねばならないときがある。ユベールは私情で盲目になった悪例に反発して、友らしい友もいなかった。今のアロンソは、ユベールほど極度でないにしても必要な線引きを迫られる場面の存在を認識させられているのだ。だからこそ、アロンソは新しい人間関係作りを、ユベールに頼りたいのかもしれない。

「明日は久しぶりに休もうと思う。今夜をゆっくり楽しみたい」

食事だけでは終わらないつもりだろうか。アロンソが夜更かしの予感を匂わせるのは初めてだ。

内殿で初めて迎えたにぎやかな晩餐は、最初こそ緊張感が漂ったもののすぐに気さくな雰囲気になった。

「以前から舞踏に励んでいたのか」

「はい。といっても独学で、形になっていませんでしたが」

ルカスたちはソフィアの輿入れ以前から舞踏を独自で学んでいて、ソフィアと出会ったころは用語ばかりの頭でっかち状態だったと笑った。

「王国の歴史には数々の争いがありますが、これからの時代は、文化と対話で他国と交流すべきではないかと考え……」

はつらつとした表情だったのに、ルカスは我に返ったように口を閉じた。アロンソは元軍将校で、国王に次ぐ王国軍の指揮者だ。エスパニルが世界に誇る軍を時代遅れ呼ばわりしたことに気づき、口ごもったルカスに、アロンソは苦笑を向ける。

「構わない。文化の発展は望ましいことだ。争いではなく対話で他国との関係を構築すべきというのも、同意見だ」

そう言われ、安心したのか、ルカスは外国語の勉強にも励んでいることや、製造技術として小銃の機能を学んでいることを話していた。

革新的な類に入るだろうルカスたちの話に真剣に耳を傾けるアロンソは、ユベールが理想としたのと同じ、将来を見据えて先見の明を養う王太子そのものだ。しかも、他者の意見に寛容で、ガレオの助言をすべては聞き入れなかったユベールよりも柔軟だ。だからといって逐一人に流されるのではなく、信念と照らし合わせる冷静さがある。

素直に尊敬したいと思える。隣に座るアロンソの整った容貌をときどき見つめては、胸が熱くなるのを感じた。ソフィアを愛し幸せにしたフェデリコ五世も、息子たちを立派に育てた大国の長であるフェデリコ四世も尊敬している。だが、アロンソに抱いた尊敬は、自らもよく知る重責を負って、家族を失う辛さを乗り越えて、強く立ち上がった男への、純然たる気持ちだ。

食事のあとは遊戯室に移り、菓子や果物をつまんで、ワインを飲んだ。気持ちよく酔ってくると、誰からともなく踊りだした。少々足元が怪しい者も現れ、内殿に若者の集いらしい笑い声が響く。

「アロンソも一緒に踊りませんか」

長椅子に腰かけ、踊りの輪を眺めていたアロンソに声をかけると、苦笑が返ってくる。

「壁の花でいるのが俺なりの格好のつけ方なのだ」

珍しいアロンソの冗談に、ユベールは声に出して笑った。

「壁際に飾るには贅沢すぎる花ですね」

「ユベールはじっとさせておくにはもったいないから、踊り上手でちょうどいい」

「いつからそんなにおだて上手になったのです」

「おだてるのは昔から苦手だ」

ほどよく酔っているから、こんな惚気たような会話までできてしまい、とても愉快な気分で、他愛のないことで大笑いまでした。羽目を外したことがなくて、思考がおぼつかなくなるほど酔うのは躊躇われたけれど、女性の真似をして踊るルカスの相手を買って出るくらいには、酔っていた。

「近々、また招待しよう」

頼まずともアロンソが次回の提案をしてくれて、ルカスたちは嬉しそうに帰っていった。ユベールも、楽しい夜の余韻を引きずって就寝の準備をし、次回の期待に胸を膨らませて寝台に上がった。

すぐにでも横になりたいくらい疲れていたが、アロンソが来るのを待った。アロンソにも寝室があるから、必ず一緒に寝るわけではないけれど、今夜は来るに違いない。

予想は当たって、ほどなくしてアロンソがやってきた。さすがに疲労が顔に出ているが、ユベールが起きて待っていたのを見て、微笑みながら寝台に上がってくる。

「楽しい夜を、ありがとうございました」

あらたまった言い方になってしまった。融通のきかない自分が少々残念だが、アロンソは特に気にした様子はなく、むしろユベールが喜ぶ姿に目を細めた。その表情は、ユベールの幸せを叶えたいと願うアロンソの心を映していて、何よりもそれが嬉しくて、胸を熱くさせる。

穏やかなのに情熱的な視線で見つめられ、ユベールは自然とアロンソに顔を寄せた。そして吸い寄せられるように、頬(ほお)にくちづける。一秒触れただけのくちづけだったけれど、ユベールにとっては大きな一歩だった。とても自然にくちづけをしたいという衝動が湧いて、恥ずかしがらずにそうできたことを意外に感じているのは、他の誰でもないユベール自身なのだ。

顔を離すと、琥珀色（こはくいろ）の瞳と目が合った。すぐそばで嬉しそうに微笑まれ、思わず俯いて唇を合わせると、アロンソもそっとユベールの頬にくちづける。

「俺も楽しかった」

そう言って、もう一度ユベールを見つめたアロンソは、にっこり笑ってから横になった。

ユベールも隣に横になるが、今夜は今までのように背を向けたりせず、肩が触れ合う近さで眠ろうと思った。

翌朝目が覚めると、アロンソはまだ隣で眠っていた。息がかかりそうなくらい近くに向かい合って寝ていた。

眠っているあいだほど無防備で正直になることはない。これはただの敬愛の表れでなく、アロンソに対する愛の形が変化したことを表している。この愛は初めて覚えるもので、言葉ではうまく表せないようなもどかしさがある。くすぐったいような、甘いのに酸っぱいような、不思議な感覚が胸の中に広がっていく。

すぐそばにある寝顔を眺めているると落ち着かない気分になってきた。寝台を下りるか悩んでいると、アロンソが目を開けた。

「おはよう」

覚醒していないのに挨拶をするとは、律義なものだ。頬をほころばせていると、まだ半分寝たままのアロンソの手が無意識に、ユベールの耳の後ろを撫でる。

どくどく音がするくらい鼓動が跳ねて、なかなか収まらない。胸の中が落ち着かないのに、それが心地よくて、嬉しくて、全身を作りたての毛布で包まれたような気分だ。

いつかこのひとと番になる。とても自然に予感した。


アロンソが番になる未来が自然と頭に浮かんだ日から、おかしくなってしまった。あまり長い時間アロンソと一緒にいると、落ち着かなくて疲れてしまうようになったのだ。

「最近、アロンソの様子がおかしいとは思わないか」

秋の終わりが近づき、収穫祭や名物行事の見物に二人で出かける機会が多かったのもあり、今日は外出する気が起こらない。疲れたなどと言って部屋に籠るのはいつぶりか。

「いいえ、思いません」

マルコに面倒くさそうに返事をされて、久しぶりに苛々してくる。

「話すときの距離が近すぎる。それに、私の機嫌をとるのはいいが、褒め言葉が多すぎはしないか。このあいだなんて、私の見目を天与の美貌とまで言ったのだぞ。エスパニルでは金髪が珍しいのはわかるが、大げさではないか」

「殿下、本気で言っているのですか」

「まるで浮かれ病でも患われたようだ。晩餐会を催すようになったからだろうか」

遂に私室の中を右往左往し始めたユベールを眺めながら、マルコはつんとした表情でお茶を飲む。

「アロンソ殿下は何も、変わっていませんよ」

「寛大で献身的な人となりは知っていたが、すこし過ぎると思うのだ」

真剣に問題提起をしたつもりなのに、マルコは天井を仰いで答えない。

馬鹿にされた気分になって、真面目に議論するよう言おうとしたとき、アロンソが部屋に入ってきた。

「どうかしたのか。落ち着かない様子だが」

ユベールが選んだ深緑の衣装を纏っているアロンソは、その落ち着いた色合いの衣装と反して眩しいくらいの輝きを放っている。黒の三角帽子を脇に抱え、腰に剣を差した姿は、優雅で雄々しくて、色気まで感じさせる。

「何もありません」

姿勢を正して答えたのに、余計に訝しげな顔をされてしまった。アロンソの視線がマルコに向く。

「ちょっとした心の乱れというやつです」

「私はどこも悪くない」

呆れ口調のマルコと間髪入れずに否定するユベール。二人のあいだで視線を泳がせたアロンソだが、ユベールの前まで来ると、体調を確かめるよう青色の瞳を覗き込む。

「本当に、問題はないのだな」

腕に手が添えられ、心配そうに見つめられて、鼓動が忙しなくなっていく。最近こんなことばかりだ。

「はい。すこし……疲れているだけです」

微笑んでみせると、アロンソもほっとした笑みを向けてきた。それがまた眩しくて、見つめ返すのが辛くなってくる。

「そうか。行事が重なったからだろう、ゆっくり休んでくれ」

「ありがとうございます」

自分の異変に気づかないまま、アロンソはユベールの額にくちづけて、部屋を出ていった。

額の中心が熱い。そこに重なっていた唇の形をはっきりと思い出してしまうくらい、熱い。

胸の中が痒くなって、またもどかしい気分になった。原因はアロンソではなく自分にある。本当はそう思いながらも、認められないでいる。

「きっとアルファ性のせいだ」

　独り言のように言えば、マルコは否定しようとはしなかった。これぱかりはベータでは判断できないからだ。けれど表情は違うと言っている。

「あんなに強くアルファ性を発している人は他に知らない。私はやはり、あてられてしまうのだ」

　オメガ性が否応なしに反応すると言い訳をして、アロンソと番う将来を鮮明に予感している事実を思い出す。番うには、発情期に契らねばならない。あの汚らわしくすら感じる発情期に、性欲という最も嫌っている欲をぶつける行為をしてやっと、番になる。だというのに、次の発情期に希望すら感じ、アロンソと契ることに期待を覚えてしまっている。

　まるで淫らな思考に取りつかれたようだ。だからアロンソが違って見えるようになったのを認めたくない。

　アロンソが二年前からの好意を告白してくれたとき、嬉しかったけれど、実際に番になることまで思考が及んでおらず、ただ温かい気持ちになっただけだった。今はアロンソが向けてくれている感情がどんなものかわかるようになったのもあって、余計に落ち着かないのだ。

「これが恋なのか」

窓の外を眺めたとき、思わず呟いていた。慌ててマルコを振り返ると、呆れ顔で紅茶をすすっている。

王族同士が同盟のために結婚して、恋をするなど、起こっていいことなのだろうか。ユベールとアロンソの結婚は、二つの王家が交わした契約と変わらないのに。

貴族の結婚はすべて政略的に決まるといっても過言ではない。王太子だった自分が、まさか恋などという甘い果実に恵まれるなんて思ってもみなかった。

「私だけ、結婚をして恋するなど、許されていいのだろうか」

「は？」

大きな声がして振り返ると、マルコが口を手で押さえていた。

「この国の貴族だって、政略結婚ばかりだろう。伴侶と恋をするなど、聞いたことが……」

勢い任せに言いかけて、ソフィアを思い出した。ソフィアは、フェデリコ五世にそれは愛されて、幸せに暮らしていた。

ユベールたち姉弟にとって、エスパニル王国は幸福を授かる場所なのかもしれない。

不思議な縁を感じて、姪のソフィアに会いたくなった。翌日、果実を携えて会いにいったあと、思わぬ来客があった。

「大至急、殿下にお知らせせねばならないことが」

馬を走らせてきたのはガレオだった。力強いはずの容貌は疲労でくすみ、ただならぬ事態を物語っている。

「どうしたのだ、血相を変えて」

目の下のくまが、ほとんど寝ずに馬を走らせてきたことを知らせる。土埃をかぶったガレオは、一度奥歯を噛みしめてから、低い声で言った。

「イテリエから宣戦布告がありました」

「なんだとっ」

「イテリエ軍はすでに国境近くまで迫り、トリスタン殿下が兵を率いて、国境に向かっておられます」

「トリスタンが？　なぜ父上か将校経験者でないのだ」

「勲功を上げるとのことで、殿下の指揮で応戦するようです」

「それで兵が集まるのか」

ろくに狩りにも出かけず、剣術の稽古すら疎かにしていた道楽者が軍を率いるなど、形だけにしても軽率すぎる。もとより、フロレンス王国の軍は民兵の寄せ集めでしかない。有事にかき集めるだけの頼りない兵力は、そもそも集まるかどうかが課題なのだ。

「いえ、戦力差は圧倒的です」

「ならば、即座にエスパニル王国に援軍を要請すべきだろう。ガレオ、お前のほうが連絡員よりも先に着いたというのか」

「いいえ、援軍要請はありません」

「なぜだ。トリスタンが自力で勝てると思いあがっているからか」

最悪の状況を言ったつもりなのに、ガレオは苦しげに目を伏せる。

イネアスもトリスタンも、兵の命が懸かった、国境をかけた戦争の劣勢すら直視できないほどの愚者に成り下がっていた。

戦争により王国存亡の危機に面してもなお、現実を受け入れないというのか。開いた口が塞がらない。あまりの無責任さに顔から血の気が引いていく。

「王がそこまで愚かなら、フロレンスは侵略されるしかあるまい」

絶望に底がないことを思い知らされて、できるのはもはや諦観することだけ。栄枯盛衰はフロレンス王国にとっても例外ではなく、亡国へと崩壊するしかないのだ。

額に当てた手が震えている。本当に、愚かな父王のせいで輝かしいフロレンス王家が没落するのを、隣国から眺めなければならないのか。

「殿下は、本心からそうお思いではありますまい」

王太子として十八年を捧げ、エスパニル王国との政略結婚にまで身を捧げたユベールが、イテリエの侵略を避けられない事態として看過するのか。ガレオは一歩詰めて、ユベールの本心を見極めようとする。

侵略など許したいわけがない。この結婚の根本はユベールのオメガ性でも、恋でもなんでもない、同盟だ。

「姉上と私が引き繋いだ同盟は一体なんのためだったというのだっ！」

円卓に拳を振り下ろし、腹の底から怒鳴った。イネアスが振りかざした大義名分は、同盟による防衛力の強化だったのだ。

きつく握った拳が憤りに震える。国王を名乗る人間がこれほど身勝手で、理不尽で、不義理で不道徳であっていいはずがない。

青筋を立てるユベールに、ガレオが力ない声で言う。

「援軍を要請できるほどの余力がないのです。地方領主の税の着服や、中央貴族の横領、国庫そのものが利用されていた事実が次々と。発覚を恐れた貴族は財を持って国外へ逃亡し、王家は求心力を失っています」

「そのどれもが、再三にわたって指摘してきたことではないか」

同盟によって時間稼ぎをしたつもりだった。それすらも意味を成さないほど腐敗していたのなら、ユベールに打てる手はもうない。

「同盟国に主導権を譲るならまだしも、イテリエなどに侵略を許すのか」

イテリエは文化的にも王家の思想も、フロレンス王国の民とは合わない国だ。いまだに奴隷制を続けているイテリエに侵略されれば、隷属国扱いは避けられず、イネアスの腐敗政治よりも過酷な日々が民を襲うだろう。

すべては民のため。王太子として生まれて、そのたった一つの信念のために、今日まで生きてきたのに、民を巻き添えにしてフロレンス王国が崩壊するのを傍観するしかないのか。

ぎりぎりと奥歯を嚙みしめるユベールの頭に、窮余の一策が思い浮かぶ。

「私が率いれば、シャテル領の兵だけでも国境に向かってくれるだろうか」

「……おそらく、ユベール殿下の指揮であれば、民兵は他の地方からも集まります」

自分が王太子のままだったら、応戦する戦力も戦況も違った。その推算はエスパニルの王太后になった今も変わらない。

ユベールは、今でもフロレンスの王子だ。シャテル伯爵、ユベール・フロレンス。母国に戻れば、防衛戦線に挑むべき立場にあり、形勢を変えられるかもしれない唯一の存在なのだ。同時に、悪政を正そうとしたがために、オメガ性を理由にフロレンス王国を追い出された、エスパニル王家の后だ。

「私がどれほどの覚悟でこの国へ来たか。今のような状況で援軍要請をするためだけに、王太子の自分を捨てて妻になったのではないか！」

両の拳で円卓を殴り、そのあいだに額を埋(うず)める。身体中の血が沸騰するような激憤に、悔し涙が溢れそうになるのを嚙み殺す。

王太子だった自分を殺して、妻になろうとした。屈辱にも批判にも耐え、やっとこの結婚に前向きになれたのに。

同盟のためとして始まった結婚には、恋という思いがけないものが待っていた。かけがえのない情熱にやっと気づいたばかりなのに、今度は穏やかで幸福な未来を捨てる覚悟で、追い出されたも同然の母国に帰るのか。

「何事だ」

アロンソの声が響き、室内の空気が凍った。隙（すき）を見つけて顔を見に来ただけだったはずの夫が、頭を上げたユベールの悲痛な表情を見て言葉を詰まらせる。

イテリエから宣戦布告を受けたことはやはり、エスパニル王国まで伝わっていない。同盟を組みながらも、援軍要請ができない事実を、知られてしまうまで隠すつもりなのだ。

「イテリエが、フロレンス王国に宣戦布告しました」

同盟の証（あかし）としてエスパニル王家の一員になった身だから、黙っていられなかった。開戦すれば即座に劣勢に立つ。どちらにしてもすぐに知られることだ。

「……ならば、じき援軍要請がくるのだな」

表情が険しくなるのを堪（こら）えて、アロンソは静かに言った。エスパニル王国とイテリエは犬猿の仲だ。長い歴史の中で幾度となく激しい争いを繰り広げた、敵対国以外にはなれない二国といっても過言ではない。

他ならぬ王太后の出身国がイテリエと交戦するとなれば、エスパニル王国が黙っているわけにはいかない。アロンソの表情はすでに、援軍の派兵に備えている。

「いいえ、要請はありません」

「なぜだ」

目を見開くアロンソに、ユベールはせめてもの体面を保てるよう、言葉を選ぶ。

「フロレンス王国の力で応戦せねばならないからです」

自力で戦うほかないのだ。視線で訴えれば、意図を察したアロンソはフロレンスの国庫の悲惨さと、援護しようのない状況に心底悔しげに唇をきつく結んだ。

一つ息を吐いたユベールは、覚悟を決めてもう一度アロンソを見つめる。

「私は、伯爵としてフロレンス王国で最も財と兵力を有しています。もし、私が参戦すれば、民兵は今より集まります。兵だけでなく、武器も集まることでしょう。イテリエに応戦するにはより多くの兵力が必要です」

劣勢を覆さねばならない。それができるのはユベールだけなのだ。

「アロンソ殿下、私の出征をお許しください。私が行かなければ、フロレンス王国はイテリエに侵略されます」

「ユベールは、俺の伴侶だぞ」

「私は王太子だったからこそ、国のためと信じて嫁ぎました。ですが今は、王太子として生まれた者として、フロレンスの盾にならねばなりません。伴侶としてアロンソの所有下にあっても、私はフロレンスの王子です。お願いします。この戦争で国境を守れなければ、私の存在意義はなくなるのです」

亡国の王子になったとしたら、ユベールにはエスパニル王家という新しい家族がいると、トリスタンに言ったのを覚えている。アロンソなら、たとえフロレンス王国が消滅しようとユベールを追放したりはしないだろう。だがそれは、アロンソに限ってのことだ。

今のユベールにできることは一つ、フロレンスを亡国にしないよう、持てるすべてを懸けること。

伴侶としてアロンソを裏切るのも同然だ。それでも、行かねばならない。特別な感情をくれたひとに背くのは身を切られるほど辛いけれど、ユベールはやはりフロレンスの王太子なのだ。

ユベールの揺るぎない姿勢に、アロンソは整った容貌を苦渋に歪めた。息を殺すように押し黙って、遂にユベールを見つめ直す。

「必ず生きて帰ると約束するのなら、黙って見送る」

アロンソの最大の譲歩に、当惑するしかなかった。

安全な場所から指示を出すために戦場に行くのではない。フロレンスのために立ち上がってくれた兵を率いて、先頭に立ち、命を懸けて戦うのだ。生きて帰る約束など、できるわけがないのに。

「戦場に向かうのに——」

「生きて帰ると約束してくれ。必ず生きて帰ると。でなければ、行かせてはやれない」

眼光鋭く言われ、やっとアロンソの求めている誓いが理解できた。命を懸けることを止められているのではない、生きてアロンソのもとに帰るために戦うと、伴侶としての覚悟を問われているのだ。

胸の中に生まれた、恋と愛のために。想い続けてくれていたアロンソに、この特別な感情を伝えるために、生き延びて戻ってきたい。叶わない可能性のほうが高いかもしれない。それでも、ユベールは胸に手を当てて誓った。

「生きて帰ります。アロンソのもとへ、必ず帰ります」

視線が一直線に絡む。感情と覚悟と、国を背負う王子としての敬意と理解。そのすべてが無言のうちに伝わるのを感じた。

「マルコ、戦場の伴(とも)を命じる。運べるだけ銃と弾丸も持っていくのだ」

軍師の顔になったアロンソは、マルコに出発の準備を指示し、ガレオに向き直る。

「ガレオ殿、もしユベールに発情の兆候が現れればすみやかに身を隠し、エスパニルへ戻るよう手配してくれ。戦況にかかわらず、ユベールには発情期までに戻ってもらう」

ユベールと番うのはアロンソだ。伴侶のいない場所で発情期は決して迎えてはならない。

次の発情期までおそらくあと一月ほど。それまでにイテリエを返り討ちにせねばならない。深く頷いて応えたガレオの隣で、ユベールも肝に銘じた。出征の許可だけでも破格のはからいなのだ。たとえ戦いが拮抗して長引いても、発情期には絶対にアロンソの隣に戻らなければ。

「必ず、約束を守ってくれ」

瞳の中心を見据え、もう一度そう言ったアロンソは、ユベールの頬を両手で抱え込み、彼の唇をユベールのそれに重ねた。躊躇いのないくちづけは、情熱と一緒に、惜別の痛みを伝えてくる。

唇を重ねる日を、アロンソは待ってくれていた。ユベールが望むようになるまで待っていたのに、断ることなくくちづけたのは、これが最後にならないと、言いきれないからだ。

「武運を祈っている」

肩を摑んでそう言って、アロンソは去っていった。振り返ることなく、ユベールの出発準備を近侍に命じながら、立ち止まらずに去っていった。

戦場となる国境まで、五日かかった。最後にシャテル領に寄って、ありったけの資産で雇えるだけの兵を集い、保管してあった武器も運び出した。ユベールの出陣の知らせは一気に国中を巡り、兵役報酬を天秤にかけてもトリスタンの指揮を嫌っていた元軍人や民兵が、ユベールの名のもとに全国から集結した。

国境に着き、いざトリスタンの軍団と合流したときには、ユベールの増援はトリスタンの軍団の倍にまで膨れていた。

「なぜフロレンスにいるのです」

大陣を張ったばかりだったトリスタンは、ユベールを見るなり忌々しげに顔を歪めた。大見得を切って出陣したのに、食うに困った者ですら招集できなかったトリスタンは、実際に戦力となる軍団を率いてきたユベールの出現に理不尽にも腹を立てている。

「イテリエの侵略を阻止するためだ。当然の状況であろう。すこしは考えてから話したらどうだ」

トリスタンの兵は軍服を着てはいるがほとんどが痩せこけて、まともに剣も握れなさそうな者も多い。重税が生んだ浮浪者を食事と報酬で釣ったのが、見るだけでわかる。やはり信用せずに自分の兵を連れてきて正解だった。

「兵法も戦術も知らない貴様だけで国境が守れると、まさか思ってはいないだろうな。思っているならイテリエ陣営を見て、兵の数を数えてみろ」

大砲が届く距離よりすこし先に、イテリエ軍も陣を張っている。天幕の数だけでもすでに劣勢だ。トリスタンに構っている暇はない。

「作戦を決める。ガレオは、大砲、小銃、砲弾、火器を装塡できる者、騎兵、歩兵、それぞれの数を調べてくれ。マルコは敵陣の偵察を」

「指揮官は僕です」

無暗に大声を張るトリスタンは、存在するだけで士気を下げてしまう。

「ここは貴様に都合のいい夢物語ではない。現実の戦場だ」

名目上の指揮官など、戦場ではなんの役にも立たない。愚か者の目をまっすぐ見据え、事実を突きつける。腰巾着ですら擁護する者がおらず、トリスタンは理不尽にも憤慨して天幕に逃げて隠れた。

近くにいた雑用兵ですら、トリスタンが視界から消えて安堵しているようだった。不貞腐れて出てこないほうが都合は良い。作戦に意識を戻し、集中する。

ユベールにとってもこれが初陣だが、戦術の知識を総動員して指示を出し続けた。すると、民兵はもちろん、騎兵となる貴族ですらユベールを指揮官として仰ぎはじめた。

有事の出征は貴族の義務だ。上位貴族家からは末の男子ですらこの場に駆けつけていない家もあるが、おおむね一人は出征している。全員がたるんで見えるのは先入観か、現実か。どちらにしろ、この兵力でイテリエに挑むしかないのだ。

夜になってやっと鍋を火にかけられるようになり、兵の食事が始まった、そのあいだにユベールとガレオで作戦を詰めていく。

「開戦は明朝だ。大砲で先制し、騎兵が突撃、そのあとを歩兵が追う。射撃班はとりこぼしを狙え。ガレオとトリスタンは私とともに中央だ。マルコ、射撃の経験は？」

「射撃には多少自信があります」

「そうか。ならば、エスパニルから持ってきた銃を使って、射撃班に合流してくれ」

作戦図には、横広の隊列を描いた。敵と衝突する基礎的かつ最も有効とされる戦法だ。それを、役割と立ち位置で分けた班の代表者に伝えていく。小隊を組むほうが大隊よりも結束力が高くなり、情報の伝達も早い。ほとんどが初陣という兵の集まりでも、交代の就寝が始まるころには一応のまとまりが見られるようになった。

「やはり殿下の采配は素晴らしい」

ガレオがすかさず、勇気づけるように褒めてはくれたが、真っ向から衝突するだけの陳腐な布陣しか作れていない。

「いや、イテリエの戦力情報がまったくないから、応用のきかない布陣しか思いつけなかった」

ろくに訓練も受けていない歩兵がほとんどの、大砲頼りの布陣だ。しかし何度考えてもこれが精一杯。あとは明日、死に物狂いで戦うしかない。

うまく眠れずに迎えた朝は、憎いほど晴れていた。平原にフロレンスとイテリエの軍旗が翻る。青の軍服と鉄の胸甲を身につけたユベールはガレオやマルコ、他の兵たちと布陣につき、イテリエ軍を正面に見据えた。

人生をフロレンス王国に捧げて生きてきたつもりだ。が、命を懸ける本当の意味は、この瞬間まで知らなかった。緊張、恐怖、闘志、その中で最も大きいのは死の恐怖だ。敵も含めて全員がこの恐怖に駆り立てられて、一秒でも長く生き延びるために剣を振るって銃を撃つ。

晴れているのに、平原の静けさが吹雪のように感じる。手足は凍ったように冷たくなって、それでもユベールは、剣をまっすぐ敵に向けた。

「出撃！」

両軍の咆哮が平原を揺らした。ユベールたち騎兵が先行して、砲弾飛び交う戦場へ駆け出す。感性と情に蓋をして、ひたすら戦った。生き延びるためにただただ剣を振るった。

気づいたときには、激しい通り雨でぬかるんだ平原から、ガレオに担ぎだされていた。

血の混じった泥にまみれたユベールは、敵兵に殴打されて気を失いかけたところを、ガレオに助けられたのだ。

通り雨が休戦の旗となり、両軍とも陣営に戻った。軽い脳震盪を起こしただけで済んだユベールの、小さな傷をガレオが丁寧に手当てしていく。

「こんなに小さな傷まで手当てをしていたら、薬と包帯が足りなくなる」

「殿下は他の兵とは違います。殿下のお導きがなければ、この戦には勝てません」

静かにそう言ったガレオこそ、ユベールの背中を守り、ユベールより多くの敵を倒したのに、顔を洗ったり休憩をとったりすることなく、ユベールの手当てにかかりきりだ。

フロレンス軍はすでに三分の一の兵力を失っていた。ユベールが兵を連れてこなければ、フロレンス軍は今日敗北していた。

イテリエ兵の五分の一は排除したから、決して悪い成果ではない。だが単純に考えれば二日後には敗北し、イテリエ軍の侵攻を許してしまう。

明日も戦ったからといって、兵の命を無駄にするだけではないか。命は無駄にできるものではない。しかし、戦わなければ侵略を防げない。

戦えば、戦うだけ、命の危険は増す。アロンソとの約束が、頭をよぎった。

降参すれば、このまま大した怪我もなくエスパニルに戻れる。だが、それでは、今日散っていった兵たちに顔向けができない。ユベールが道連れにしなければ、彼らは自分の村で戦争の結末を待つだけで済んだのだ。

明日も戦うのか、降参して命を優先するのか。頭がねじれるくらい悩むユベールの耳に、無数の馬の足音が飛び込んだ。地面を揺らすほどの大軍が、戦場に向かってくる。

「イテリエの増援か」

絶望に血の気が引く。イテリエ軍はここでユベールたちを打ち負かし、一気にフロレン

ス王国を侵略する気だ。天幕の外へ駆け出し、イテリエ陣営を見るが、軍団はどこにもいない。慌てて周囲を見回すと、フロレンス軍の背後に赤色の軍旗が接近していた。

「エスパニル王国軍です」

見張り兵の声が響いた途端、陣営にどよめきが広がった。ユベールはガレオが差し出した望遠鏡で大軍を確認する。

「アロンソ……」

先頭を走る馬に跨っているのは、他の誰でもないアロンソだった。望遠鏡の中に見た伴侶の姿に安堵すると同時に、心苦しくて堪らなくなる。

援軍要請はできていない。国庫に金は湧かないからだ。大軍に払う謝礼どころか、必ず出てしまう損害を補償することすらままならない。わかっているはずなのに、それでもアロンソが駆けつけた理由はただ一つ、ユベールだ。

援軍要請がなかったにもかかわらず、異国の地で損害だけを残す結果になったら。アロンソはエスパニル王国で責任を問われる。自分のために危険を冒してほしくないから、一人の兵も貸してほしいと頼まなかったのに。

遂に大軍が目の前まで来た。劣勢に光明が差し、沸き立つフロレンス兵を背に、ユベールは喉が震えるのを堪える。

馬を下り、ユベールの姿を見つけたアロンソは、伴侶の無事をその目で確かめるなり、安堵に顔を歪め、目元を湿らせた。だがそれも一瞬のことで、すぐに表情を引き締めて敬礼する。

「エスパニル王国王太子アロンソ、同盟国として貴国に加勢すべく参りました。イテリエ軍により援軍要請の連絡が妨害され、到着が遅れてしまったことをお詫びしたい」

大軍を連れたアロンソは、敵軍の妨害で援軍要請がエスパニル王国まで届かなかったと本気で信じている様子だ。イネアスがユベールに内緒で援軍要請を送ったのかもしれないと一瞬考えるも、隠す必要はどこにもなくて、困惑するしかなかった。

わけがわからず、ガレオを振り返りかけて、やっとアロンソの真意に気づく。アロンソはイテリエの妨害を、既成事実にするつもりなのだ。情報の混乱でエスパニルの援軍が到着したことにすれば、エスパニル軍がフロレンス王国を許可なしに横断したことも、アロンソの独断でエスパニル軍を動かしたことも、うやむやにしてしまえる。褒められた策では決してない。だが、そこまでしてもアロンソはユベールを助けに来た。

この援軍がなければ、明日にでも敗北するかもしれないのだ。ここは意地を張っている場合ではない。

「エスパニル王国の友情に厚く感謝いたします」

ユベールも敬礼し、共闘は確かなものとなった。しかし、心は割り切れないでいる。

アロンソにもしものことがあったら。責任問題なんかよりもっと恐ろしいことは、アロンソを失うことだ。

「アロンソ」

小声で話しても聞こえるくらい近くで向かい合うと、アロンソの手に頬を包まれた。生きているのを確かめるよう、親指で頬を撫でられ、どれほど不安にさせたか思い知らされた。

「間に合ってよかった」

目じりに涙を溜めて囁くアロンソを見るのが辛い。深く想ってくれているからこそ来てくれた。これほど想ってくれるひとの命を危険に晒すのが自分であるのが、悔しくて辛い。

「あなたは王太子です。他国の戦に身を投じることなど許されないはずです」

「俺たちは家族だ。俺たちエスパニルの男は命に代えても家族を必ず守り抜く。これはただの他国の戦争ではない、ユベールの戦いだ。すなわち、俺の戦いだ」

「ですが、払える謝礼はないのです」

「勝った暁にはイテリエに賠償請求をすればいい。謝礼はそこから出せば、フロレンスとエスパニルはこれからも友人だ」

言いきったアロンソは、宥めるようにユベールの額にくちづける。その小さな温もりは、瞬く間に手足の先まで広がった。本当は、心細くて仕方なかった。

「到着が遅れてしまったが、必ず勝つつもりで物資を持ってきた」

軍人の顔に戻り、自信を見せるアロンソの後ろを見ると、隊列の後方には荷馬車の長い列があり、そのうちのいくつかには大砲が載せられているのが見えた。

「騎兵大隊二千、大砲十門だ。さっそく作戦に加えてくれ」

「大砲を十門も……？」

フロレンス国内の大砲を合わせても二十門あるかないかだ。砲弾と火薬の移動も考えれば、十門の増援は破格である。

「新型の大砲だ。まだユベールには見せていなかったな。威力は保証する」

その他にも、あの高性能の小銃二百丁に、予備の剣まで。増援というよりもまるで軍隊そのものだ。

「なんの騒ぎだ」

不機嫌な声がして、アロンソと一緒にそちらを見ると、塵一つついていない衣装を着たトリスタンが、エスパニール軍を前に呆けた顔をしていた。無理やり隊列に並ばせたものの、開戦間もなく陣地に逃げ戻っていたトリスタンは、戦場にいることが嘘のように無傷で、優雅に食事を摂っていたのか首元には白い布が挟まれている。

「アロンソ殿下」

これから夜会にでも出かけそうな格好のトリスタンと、赤の軍服を纏ったアロンソの差があまりにも激しく、眩暈がしそうだ。同じ次男で王太子のはずなのに、一人は軍師で、一人は道化。遠路はるばる援護に来てくれたエスパニル兵に申し訳なくて、恥ずかしい。

思わず俯いたユベールの心情を察したのか、アロンソは口角を力ませ、苛立ちを噛み殺していた。

「激しい攻防だったと聞きました」

アロンソにしては珍しく乾いた声だった。馬に跨って格好をつけただけのトリスタンに対する嫌味だ。あちこちに傷を負っているユベールと対照的すぎて、さすがのアロンソも黙っていられなかったのだ。

「ええ、なんとか持ちこたえて……」

兵士の冷たい視線がトリスタンに集中する。散っていった兵がたくさんいる戦場で、平然としている名ばかりの指揮官は、本当に命を懸けて戦った兵士たちに刃のような視線でずたずたに刺されて当然なのだ。

事情を完全に察した様子のアロンソは、ユベールに視線を戻す。

「大砲の説明をしよう」

新型の大砲によほど自信があるのだろう。頷き合ったユベールとアロンソは、ガレオとマルコとともに本陣の天幕に入った。

「新型の大砲は、打ち上げるよりも正面に放つほうが効果的だ。だが、開戦直後までは砲を上向けて、敵の注意を逸らしたい」

フロレンス軍もイテリエ軍も、使っているのは従来の打ち上げて飛翔距離を稼ぐ大砲だ。正面に砲撃して遠くまで飛ばせるとは、エスパニル軍は敵にすると恐ろしい。

「大砲を打ち上げないのであれば、敵が進撃してきても、距離が詰まるまでこちらの兵を進めさせるわけにはいきませんね」

「そのとおりだ。兵を鼓舞してまるで攻撃に入るとみせかけて、前に出てきた敵を大砲だけでねじ伏せる。だが、すべての兵を倒せるわけではない。弾と火薬が無限にあるわけでもない。勝敗を決めるのは騎兵と歩兵だ。俺は砲兵の指揮を終えればすぐに騎兵として出陣する」

アロンソには最も安全な場所で戦いを見届けるだけでいてほしいのに、まるで自国の防衛戦のように戦火に飛び込もうとしている。アロンソだけはなんとしても無事にエスパニル王国へ帰ってもらわねば困る。エスパニルの未来を一身に背負っているのだから。

「フロレンス兵が先に出陣します。エスパニル兵は、我々が取りこぼした敵を倒してください」

もし戦況が不利に傾けば、撤退してくれて構わない。そう言いたかったのに、遮られてしまう。

「エスパニル兵はフロレンス兵と共に戦うためにいる。俺は、ユベール、お前に勝利をもたらすためにここにいるのだ。眺めるだけで帰りはしない」

見つめられ、この胸が熱くなったのに、拭えない不安がまた思考を支配する。

「アロンソには、無事にエスパニルへ帰ってほしいのです。ソフィアにはあなたが必要です」

「帰るさ。ユベールと一緒に。ソフィアにはユベールも必要だ」

力強い笑みを向けられ、これ以上弱音は吐けなくなった。

「失礼します」

知っている声が聞こえ、まさかと思って見ると、そこにはルカスがいた。

「ルカス、なぜここに」

「援軍に志願しました。私も貴族男子です。騎兵になる訓練は受けております」

「だめだ、ルカス。君はここにいてはいけない」

ルカスは、文化を通して他国と対話するのが、これからのエスパニルに必要だと言った。戦場にいてはいけない若者なのに、なぜ連れてきたのか。アロンソを勢いよく振り返ると、ルカスの意思だと言いたげな視線が返ってきた。

「ソフィア殿下に報いるためでもあるのです。どうか加勢をお許しください」

と言って、エスパニルにとって新しい文化をもたらしたユベールとソフィアのために全力を尽くすと言って、ルカスは引かなかった。自分にはもったいないくらいの忠義を跳ね返せないユベールは、あることを思いついた。

「イテリエ語も学んでいるのか？」

「すこしだけ、うまく発声できるかどうかわかりませんが」

「ならば、イテリエ兵を捕虜にしたときに、通訳をしてほしい」

捕虜ができるのは戦い終えたあとだ。この任務があれば、ルカスは戦闘に出なくて済む。見え透いた回避策かもしれないが、重要な任務であることに変わりはない。

「頼む。敵に対してでも、最低限の礼儀は必要なのだ」

「戦闘中は、射撃班の弾の装塡を手伝ってくれ。目立たないが極めて重要な役目だ」

アロンソが比較的安全な役目を追加してくれたことで、ルカスは胸を張って敬礼していた。マルコは射撃班、ガレオはユベールの影となる。

「明日が決戦だ」

これを合言葉に、就寝となった。疲れも限界を超えているはずなのに、またうまく眠れそうになくて、ユベールは思いきってアロンソの天幕に入った。

「すこしだけ話してもよろしいですか」

アロンソはもう仮設の寝台に横になっていた。ユベールとは違い、必要な睡眠をとる心の余裕があるのが見て取れる。

「ああ、もちろん。よければ、寝具を温めるのに一役買ってくれないか」

冗談口調で寝台に誘われ、思わず頬を緩めた。笑ったのは何日ぶりだろう。

「では、失礼します」

招かれるまま寝台に入ると、質素な毛布はアロンソの体温で温まっていて、とても心地よかった。仮設の寝台なのに、二人で身を寄せ合うと、不思議なくらい落ち着いた。

「このままここで寝てもいいですか」

「もちろんだ。一緒にいよう」

昨夜（ゆうべ）は気が立って、些細（ささい）な物音にも目が冴えてしまったのに、今は自然な眠気を覚えている。日常と近いからだろう。エスパニル王宮の内殿にあるユベールの寝室で、一緒に眠る日常と。

戻りたい平穏はもう、フロレンス王宮でもシャテル領でもなくなっていた。アロンソのそばが、ユベールが心から望む場所になっている。

「必ず、二人で一緒に帰りましょう」

いつかアロンソが治めるエスパニル王国へ、二人で一緒に帰ろう。命がけで助けに来てくれたぶんを、王となるアロンソを支えることで返すためにも。

端整な目元を見つめると、熱い眼差しで見つめ返された。そのまま引き寄せられるように、唇を交わす。

触れるだけのくちづけは、二人共に生き延びて、手を取り合ってエスパニル王国へ戻る、約束のくちづけだった。

赤と青の軍旗が混じる、フロレンスとエスパニルの共闘軍は、隊列を組み、向こうで翻る黒の軍旗を睨んだ。決戦にふさわしい、冷たい初冬の朝、火ぶたが切られるのをじっと待つ。共闘軍は大砲を最大限に活用するために、気圧(けお)されて突撃の好機を逃したふりをするのだ。

緊張が最高潮に達した瞬間、イテリエ軍の中央にいる騎兵が突撃の雄叫(おたけ)びを上げた。直後、イテリエの騎兵が一斉にこちらに向かって駆け出る。威嚇(いかく)の大砲が二十歩ほど先に数発着弾し、隊列に強烈な緊張が走るも、限界まで敵を引きつけた。

「砲撃！」

アロンソの合図で、新型大砲が轟音(ごうおん)を上げて砲弾を発射する。見たことのない速さで飛ぶ砲弾は、敵を真正面からなぎ倒していく。鎖で繋がれた二つの砲弾が、勢いよく発射されて空中で大きく広がって回転し、それが最恐の凶器となるのだ。従来の砲弾のように地面を弾き上げる攻撃だけでなく、高速で飛ぶ鎖が馬をもなぎ倒す。

十の大砲は突撃してくる敵の第一陣をほとんど倒してしまった。恐ろしい威力にユベールたちフロレンス兵ですら戦慄(せんりつ)し、砲撃を逃れたイテリエ兵が陣地へと逃げだしていく。その後方にフロレンス軍の大砲を撃ち、退路がなくなったイテリエ兵を騎兵と歩兵で一気に叩かねばならない。

「進め！」

ユベールは声を張り上げ、突撃を合図した。気合の咆哮を響かせ、騎兵が一斉に駆けだし、イテリエ兵に刃を向ける。退却の決断をする隙を与えず、騎兵全員で攻め進む。背後には援護の大砲と射撃班がいて、歩兵も騎兵の取りこぼしに立ち向かっていく。

イテリエ軍の砲弾をかわし、向かってくる敵をすべて成敗した。誰もが命を懸ける戦場で、躊躇う隙など一瞬たりともない。

騎兵隊に混じって善戦したユベールだったが、馬を失い白兵戦に身を投じた。向かってくる敵も、仲間を狙う敵も、無我夢中ですべて倒していく。血と泥にまみれて、歯を食いしばり戦い続けた。

ここで必ず勝つ。今日勝利を収め、安寧を取り戻す。ただがむしゃらに、一人でも多くの兵を彼らの村に帰し、自分もアロンソと一緒に帰るために、青の軍服を血の赤で染めた。

手足の感覚も、聴覚さえも麻痺（まひ）するまで剣を振るって、自分がどこにいるのかもわからなくなってきたころ、ふと、手袋がぼろぼろになっていることに気づいた。鞘（さや）と擦（こす）れて、丈夫なはずの革が裂けて、覗く掌から血が流れている。

どれほど戦ったのか。地平線に近かったはずの太陽が頭上にある。周りを見渡せば、まだ立っているイテリエ兵が激減していた。

「勝った……。勝ったぞ！」

近くにいたフロレンスの兵士が、向こうを指さして叫んでいる。指の先を振り返ると、イテリエ陣営の前で、白旗が翻っていた。

「フロレンス王国、万歳！」

次々に歓声が上がり、やっと白旗の意味を思い出した。イテリエ軍が降伏したのだ。敗北を知ったイテリエ兵が次々に崩れる。

「アロンソ……」

一番に頭に浮かんだのは、勝利よりもアロンソが無事かどうかだった。勝利の雄叫びを上げる共闘軍の兵と伏したイテリエ兵をかき分けて必死になって探せば、傷ついたフロレンス兵を担架にのせていたアロンソの、泥まみれながら頼もしい背中が見えた。

「アロンソ！」

腹から声を出して名を呼んで、夢中で走り出した。ユベールの声に振り返ったアロンソも、目元を熱くさせて駆け寄ってくる。

「ユベール」

鋼の胸甲がぶつかるのも構わず、アロンソの胸に飛び込んだ。きつく抱き止められた瞬間、身体に感覚が戻ってきた。腕も脚も、筋肉が悲鳴を上げている。足の裏は針の筵（むしろ）を歩いてきたかのように痛くて、それでも、きつく抱きしめた。力のかぎり抱きしめた。

「ユベール殿下、万歳！」

歓声が空高くまで響いた。フロレンス兵だけでなく、エスパニルの兵も、一緒になって歓声を上げている。

「国を守り抜いたな、ユベール。勇敢なる真の王子よ」

援軍がなければ、アロンソがいなければ、自分はきっと、今日ここで散っていた。それなのに、アロンソは心からユベールを讃えてくれる。

呼吸が落ち着くまで抱きしめ合っていた。やっと勝利の実感が湧いて、互いの無事を確かめるよう見つめ合ったとき、ルカスが走ってきた。

「お二人ともご無事ですね」

ガレオとマルコも駆けつけ、二人の無事を確認して涙を浮かべている。

「よかった。皆無事で。うわっ――」

アロンソの腕を離れようとしたユベールは、その場に崩れ落ちた。勝利の実感に腰が抜けて、限界以上の力を振り絞った身体は立っていられなくなったのだ。

「ユベール！」

アロンソに抱き止められて事なきを得たが、しばらく歩けそうにない。

「はぁ…、し、失礼。気が抜けました」

格好のつけようがないほど疲れ果てて、膝がぶるぶると震えてしまっている。がむしゃらに戦ったユベールを、アロンソは大切に運び出してくれた。

勝利の余韻に長く浸るわけにはいかなかった。アロンソとも話したとおり、イテリエに賠償請求をせねばならないからだ。国王イネアス不在のまま、ユベール、トリスタン、アロンソの三人で同日中に停戦協議に入った。トリスタンが無事だった理由は言うまでもないが、臆病を放っておいたのは、この協議にトリスタンが必要だからだ。

イテリエの敗北の記憶が新しいうちに、条件を突きつけてしまうべきだと判断したのはユベールだ。有事の緊急協議には、その場で最高位の王族によって協定の署名が許可されている。すなわち、ユベール主導で協定を結べる絶好の機会なのだ。

「賠償金六千万を要求する。再交渉はしない」

敵大将のイテリエ国王に、一歩も譲らない強硬姿勢を突きつけた。容姿は可憐なユベールの容赦ない態度に、イテリエ国王は悔しそうに唇を歪めている。

アロンソも協議に同席してもらうのは、同盟の結束力を示すためだ。フロレンス軍単体では足元を見られるのが関の山だから、エスパニル軍の存在感がどうしても必要だった。

イテリエ国王は、アロンソを睨みながら協定に署名した。エスパニル王国とイテリエの確執は根強く、エスパニル軍に敗北したも同然の結果が屈辱的で堪らないようだ。おそらく、フロレンス王国の懐事情を調べ、エスパニル王国に援軍要請ができないことを踏まえての宣戦布告だった。想定外の加勢に敗北を喫したのだから、よりイテリエ国王の立場は悪い。

イテリエから仕掛けてくることは、しばらくないだろう。トリスタンに協定の署名をさせたユベールは、イテリエ国王の一行が去った直後、今度はフロレンスとエスパニルの協議に入った。

「援軍の謝礼として二千万をエスパニル軍に支払います」

「二千万っ」

ユベールが決めた金額にトリスタンが異議を唱えようとする。確かに破格の謝礼だが、これは謝礼であり教訓だ。

「あの大砲が王宮に向けられていいのか」

小声で言えば、トリスタンは冷や汗をかきながら協定に署名した。この期に及んでもイテリエから回収する六千万で遊び惚(ほう)ける気でいた愚か者は、敵国に足元を見られた代償の大きさと、自国の防衛力の欠如を数字で学ぶことになる。この戦いに勝ったのは実質的にユベールとアロンソだ。言葉では自覚させられない以上、アロンソという証人の前で、物理的に理解させるしかない。

「それから、三千万をシャテル伯爵に」

賠償金の半分を自分に指定したのはわけがある。ユベール自身の出征は貴族の義務だったとしても、シャテル領の資金で兵を集い、武器を持ってきた。これがなければ一日目で敗北していたのだ。忘れたとは言わせない。

「馬鹿げたことをっ」

声を荒らげたトリスタンだが、ユベールがアロンソに視線を向けると、押し黙った。この戦争で一番身に沁みたのはエスパニル軍の脅威だったようで、アロンソを怖がるようになっている。

アロンソには申し訳ないが、このまま脅威でいてもらうことにする。そうでもしなければ話がまとまらず、命を賭した兵たちに報いることができないのだ。

「怪我を負った兵士たち、帰る村がない兵士たちを、シャテル領で迎え、今後の生活を保障する。全兵士の兵役報酬と、亡くなった兵の見舞金も、その三千万から出す。なぜシャテル領を使うのか、その頭が飾りでないなら己で考えろ。できないなら黙って署名しろ」

兵役報酬をきちんと払うかどうかも、イネアスとトリスタンは信用できない。今回のことで、エスパニルの援軍を過剰に期待するようになって、さらに軍備を疎かにしないとも限らないから、シャテル領に兵隊を置くしかないのだ。国境沿いの領地だから、今後出征する場合に地の利もある。

もしトリスタンとイネアスが心を入れ替えたなら、その祝いに使っていない分を返上しても構わないと思っている。それくらいの良識は持ち合わせているつもりだ。

「父上は納得しない」

「しないだろうな」

異母兄弟の応酬を、アロンソは静かに眺めていた。その無言がうまくトリスタンの首根っこを押さえてくれて、シャテル領への報酬三千万も固まった。

　ユベールが小さな溜め息をつくと、それを合図にしたようにアロンソが立ち上がった。

　ユベールも立ち上がり、同時に敬礼する。

「フロレンス王国軍の勝利を心から祝福します」

「エスパニル王国の友情に感謝いたします」

　形式的な挨拶を交わし、共闘が正式に終結した。

　ユベールを見つめ、微笑んだアロンソが、トリスタンに視線を移す。

「今後も、フロレンス王国を脅かす勢力が現れたときは、迷わず我々をお呼びください。ユベールとソフィアが縁を結んでくれたのですから」

　家族を思いやり、同盟を活かせる財政を築くべきという遠まわしな指摘だった。強引な加勢を決断するまで、援軍要請がないことに最も気を揉んだのはアロンソだ。トリスタンがろくに戦いもせずふんぞり返ることにも、腹を立てていたのだろう。そして、一番憤っているのは、ユベールに対する理不尽な冷遇だ。口角だけ上がっている表情には凄みがあって、トリスタンは目を泳がせて俯く。

「はい。そう……します」

子供のような返事しかできないトリスタンに、アロンソはそれ以上何も言わず、天幕を出ていった。

エスパニル王家に背を向ける覚悟で加勢したユベールに、トリスタンは礼を言うべきだ。言わないのは容易に想像がつくが、一応待ってみると、悪い形で裏切られる。

「なぜ、いつも僕の邪魔をするのだ。僕の栄誉を横取りするような真似ばかりっ！」

トリスタンが羽筆を机に投げつけた。憤懣（ふんまん）をまき散らす様は駄々をこねる子供だ。後ろに控えている腰巾着でさえ、癇癪（かんしゃく）をおこす王太子に狼狽（ろうばい）している。

「横取り？　存在しないものをどうして横取りできるというのだ」

兵が歓声を上げて讃えるのも、協議で主導権を握ったのもユベールだから、気に食わないということか。くだらない八つ当たりに、冷ややかな目で見るほかにできなかった。

「栄誉も称賛も敬愛も、それにふさわしい行いに人々が与えるものだ。虐げるばかりで指一本分も働かない貴様の価値は、その腐った性根と同じだ。名ばかりの王太子に栄誉などない」

横取りというなら、トリスタンこそ正当な王位継承権をユベールから奪った。その自覚はないようで、肩を震わせて憤っている。

「あなたは父上に反抗するだけの邪魔者だ。みんなそう言っていた。僕が正しい王太子なんだ！」

声を張り上げるトリスタンが、悲しく思えてきた。現実が曲がって見えてしまうほど、幼いころからユベールが悪者だと教えられてきたのだ。魔女は呪文のようにユベールを蔑んでいたのだろう。母親を信じるのは子の宿命かもしれない。だが、トリスタンはもう十八になる王太子だ。

「そう信じたいなら構わない。だが覚えておけ。私はフロレンス王家ではなく民のために手を尽くす。父上も貴様も心を入れ替えず、大切なフロレンスの民を虐げ続けるなら、我が夫がエスパニル国王になった暁にはフロレンス王国を占領してもらう」

アロンソなら良き指導者になると信じられる。言いきれば、トリスタンは目を見開いて凍りついた。

「民に必要なのは有能な指導者だ。王家の名が何であろうと、国の名が変わろうと、民が構うことはない。アロンソは貴様と比べようもない王の器だ。必要と判断すれば、私は王国のためにアロンソに占領を進言する」

王太子の位を奪えば、ユベールが無力になるとでも思っていたか。信じられないものを見るような間抜けな顔で、トリスタンは顎をがたがたと揺らしている。

「父上にまた逆らうのか」

「そうして考えることを放棄しているから、己の失態を他者の過失と言えるのだ。私はシャテル領を豊かにした。王国全体を豊かにできた。王家の威信を回復できたはずの唯一の存在を異国に追いやったのは貴様だ！」

　怒鳴ったユベールは、剣を抜いた。怯えて後ろに逃げようとするトリスタンの顔にぎりぎり当たらない距離に切っ先を振り下ろすと、トリスタンは腰を抜かして地面に尻からこけて落ちた。

「王太子を名乗りたいなら死ぬ気で国に尽くせ。できないなら、国のために今ここで死ね」

　国境を守るために敵兵を手にかけた。トリスタン一人が増えたところで、何が変わるわけではない。本音の半分だけを表情に出し、トリスタンが身につけている戦場に不必要な仰々しい飾帯を勢いよく切った。言葉で理解しようとしないなら、態度で示すしかない。どうせ邪魔者の悪者なのだ。嫌でも目が覚めるようにしてやる。とどめといわんばかりに、脚のつけ根のすぐそばの地面に剣を突き刺せば、トリスタンは泡を吹きそうな顔で命乞いをする。

「覚えておけ。次にエスパニル王国がこの国へ入ってくるときは、援軍ではなく占領のためだ！」

　貧しさに喘ぐ民が目に入らないなら、周辺国の脅威に怯えていればいい。言い捨てたユベールは剣を引き抜き、鞘に納めた。

　これでも情けをかけているのだ。トリスタンが理解する日がくるかはもうわからない。

フロレンスの王子として、手は尽くした。生まれついた瞬間に背負った責任は、果たしきったはずだ。

「ユベール、大きな声がしたが、問題はないか」

心配したアロンソが天幕の中に顔を覗かせる。無様に泣くトリスタンに気づいたようだが、あえて触れずにユベールだけを見ている。

「何も、ありません」

「そうか。今日中に出発したいのだが、よいか」

「もちろんです、殿下。国王陛下も心配しておいででしょう」

トリスタンを残し、天幕を出ると、兵士が一斉にユベールを讃えて歓声を上げる。戦ってくれた兵を労い、感謝の言葉をかけてまわり、休む間もなくガレオと席に着いた。シャテル領の今後について、領主代理のガレオに伝えねばならないことがたくさんあるからだ。三千万を有効的に使っていくために、ガレオの判断に任せることも出てくるだろう。だが、心配はしていない。

「ガレオ、シャテル領が負う責任は今までと比べものにならない。私の代わりに、一国を治めるつもりで努めてくれ。頼りにしている」

ユベールの背中を守り抜き、自身もかすり傷だけで無事生き抜いたガレオは、不安を見せることなく頷いた。

「殿下のご期待に必ず応えてみせます」

　イネアスの不興を買うのは目に見えているから、ユベールがこの国にまた来る日は果てしなく遠いだろう。次にガレオと会うのはいつになるかわからない。が、手紙のやり取りだけでも、領主代理を務め上げてくれると確信している。

「ありがとう、ガレオ」

　笑顔で礼を言えば、なぜか悲しそうにされてしまう。

　帰るべき場所が、エスパニル王宮に変わっているのがわかったからかもしれない。ユベールが、近侍として尽くした王太子でなくなったから。

「たまにはガレオの近況も書いてくれ、報告書ばかりでは味気ない」

　冗談口調で言えば、ガレオが珍しく微笑んだ。

「お幸せに、殿下。私も殿下からのお手紙を待っております」

　幸福を願ってくれるガレオが、ソフィアやアロンソからの手紙を待っていたいつかの自分と重なる。ガレオは、家族と等しく大切に思ってくれている、ユベールの友だったのだ。

「友よ」

　抱擁すると、ガレオの大きな身体は一瞬緊張してから、遠慮がちにユベールを抱き返した。

　身体を離し、忠義に厚く、情に深い男の顔を見ると、感極まるのを堪えていた。主に友と認められることは、臣下の名誉だから。

力強い笑みで別れを告げ、ガレオに背を向けた。そして振り返ることなく、アロンソと一緒に馬車に乗り込む。感極まってしまいそうなのは、ユベールも同じだから、泣きそうな顔で不安にさせたくなかった。

「良い友を持ったな」

「はい」

涙を堪えるユベールの肩をそっと抱き寄せて、アロンソは額にくちづけを落とした。優しいくちづけが嬉しくて、涙が一筋零れてしまう。

けれど、泣き続けることはなかった。走り出した馬車を見送る兵たちが、馬車が見えなくなるまでユベールを讃えてくれたから。必死に戦って傷ついた手を、アロンソが優しく包み込んでくれたから、フロレンス王国を去るのは悲しくなかったのだ。


白く輝くエスパニル王宮は、初めて足を踏み入れた日よりも美しく見えた。正面には大勢の貴族が列を成し、援軍として勝利したアロンソたちを盛大に迎えた。

まっすぐ内殿に向かったユベールとアロンソは、扉を抜けた瞬間、大きな溜め息をついた。まるで相談したかのように同時に肩の力が抜けたのに気づき、どちらからともなく声を上げて笑った。

夜は祝宴が開かれることになり、ユベールもアロンソも、それぞれの部屋で休むことにした。遠征中はまともに入浴などできないから、ユベールは昼食も摂らずに長湯をした。髪の一本一本まで丁寧に洗って、爪のあいだの汚れも落として、納得するまで身を清めると、祝宴の時間が迫っていた。

髪を綺麗に乾かし、艶が出るように梳いて、衣装を身につける。選んだのは、初めて仕立てたエスパニル式の衣装である、紺色のものだ。刺繍やレースが贅沢な印象だから、目立ちたくなくて着る機会を逃していたのだけれど、今夜はすこしくらい目立ってもいい気がする。

頭からつま先まで完璧に仕上げたとき、アロンソが迎えにきた。王太子の正装を纏った姿は以前よりさらに威厳を増していて、心なしか色気も増している。綺麗に剃られた顔はいつもの艶を取り戻して、毛先が整えられた髪がはつらつとして、すべてが合わさると眩しいほどの男前だ。

「とても素敵です」

感じるとおり褒めれば、アロンソは照れくさそうに笑った。

「同じことを言おうとしていたのに、先を越されてしまったな」

どうやらお互い見惚れあっていたようだ。くすぐったい気分になって、くすくす笑っていると、大きな咳払いが響いた。咳払いの主は他でもない、マルコだ。

「惚気あっていたら祝宴に遅れますよ」

こちらも入浴をしてすっきりした様子だが、腰に手を当てて呆れ顔だ。

日常が戻ってきた実感が湧いてくる。マルコの態度で実感が湧くのはなんだか釈然としないが、王太后ユベールが、夫アロンソと暮らす日常が戻ったのは確かだ。アロンソも同じことを感じているようで、穏やかに微笑んでいる。

「もうすこし噛みしめていたいが、仕方がない。行こう、ユベール」

もう一度ユベールを見つめたアロンソは、片手を差し出した。国境で再会したときのように、ユベールの手を取って歩こうとしている。あのときは、弱い者扱いされていると思ってしまったけれど、今はこの手の本当の意味を知っている。

「はい」

笑顔でアロンソの手に手を重ねた。手を繋ぐのは、恋をしたひとの温かさを感じながら、共に歩むためだと知ったから。

大広間に入ると、王宮中の貴族が集まっていて、その奥の壇上に国王と王妃が待っていた。手を取り合って国王の前に行き、礼式に沿って帰還と勝利を報告すれば、拍手喝さいが起こった。二千万の謝礼は、莫大（ばくだい）な資産を有するエスパニル王家にとっても高額で、これ以上ない同盟の成果だ。ユベールのエスパニル王家での存在価値も極めて高くなった。

表面的な利益だけでも、王宮中が湧くには充分だ。しかし、フェデリコ四世が最も憂慮していたのは、目の前の金品ではなかった。

「無事でよかった。我が息子たちよ」

アロンソとユベールの肩に手を乗せて、しみじみと言ったフェデリコ四世の目元はかすかに濡れて見えた。アロンソだけでなく、ユベールのことも、息子として案じてくれていたのだ。エスパニル王家の一員になった実感に包まれ、目元が熱くなる。

アロンソを見ると、幸せそうに見つめられた。ユベールが家族に溶け込んでいるのを、心の底から喜んでくれている。

フロレンス王国の特産品であるシャンパンが、広間にいる全員に配られた。いつの間に輸入されていたのか、相当な数だ。おそらく、出征費用を稼ぐためにフロレンスの貴族が大量に売りに出したのだろう。容易に想像がついてしまい、天を仰ぎそうになったが、すぐさま頭の中から追い出して、目の前の祝杯に集中した。

「フロレンス王国との友情と、我が軍の栄光に！」

フェデリコ四世の号令で、遂に祝宴が幕を開けた。国王が王宮全体を招待して開く宴は、それは盛大で、各地から集められた美食や、泉から湧き出ているのではと思うほどのワインが振る舞われた。

演奏家に舞曲の演奏を頼んだユベールは、ルカスたちと一緒に踊った。今夜は見栄えよりも楽しむことを優先して、無事に帰還したことを讃えあう。細かいことは一切考えず、誰の視線を気にすることもなく、心から宴を楽しんだ。

生まれて初めて、立場や身分を頭の隅にやって、宴に興じた。自然体でいられたのは、自分のことを思ってくれる家族や友に囲まれているから。命がけで愛してくれるひとが、すぐそばにいることに、これ以上なく安心するからだ。

広間に響く談笑が落ち着いてきたころ、ユベールも私室に戻るためにアロンソに声をかけた。今夜は、疲れきってしまう前に、どうしても部屋に戻りたいのだ。

「祝っていただいている身で申し訳ないのですが、部屋に戻ってもよいでしょうか」

大広間にはまだたくさんの人が残っている。主役の一人である自分が先に退席してよいのか遠慮がちに訊けば、宥めるような優しい微笑みが返ってくる。

「疲れただろう。先に戻っているといい。俺もそろそろ戻るつもりだ」

「ありがとうございます。あの……」

戻っていいか訊ねたのは、本題があるからだ。口にしようとした瞬間、鼓動が駆け足になって、喉のところで言葉がひっかかり、気道が塞がったかのように息が苦しくなった。

「どうした？」

心配そうに顔を覗かれ、余計に緊張してしまう。本当に呼吸が止まりそうなほどの羞恥に煽られつつも、ユベールは遂に言った。

「今夜も、私の寝室に来てくれますか」

激しく瞬き(まばた)をしながら見つめると、アロンソは嬉しそうに笑った。

「もちろん。もちろん行くとも」

思わず、といった様子で頬を撫でられて、勇気を出して言ってよかったと思えた。だがそれ以上に気恥ずかしくて、よそよそしく会釈をするだけで逃げるように大広間を出た。

速足でまっすぐ内殿に向かいながら、寝室での作法を一つも知らないことを思い出す。知識として、作法くらいは学んでおくべきだった。

マルコに訊いてみようか。後ろを歩く侍従長を振り返りかけたが、同じ年齢だからあまり参考にならない気がした。色々教えてもらえたとしても、なんとなく気まずいから、訊きづらい。結局どうしようもないまま私室に戻ったユベールは、寝巻きに着替えるなりマルコに休むよう言った。

「ゆっくり休んでくれ」

「それはどうも、お気遣いありがとうございます。殿下も、ご武運を」

就寝の挨拶の代わりに、意味ありげに言われ、枕を投げつけてやりたくなった。ただでさえ緊張しているのに、意識させるようなことを言わないでほしい。

してやったりと言いたげな満足そうな顔をして、マルコが出ていった。途端に、鼓動が速くなって、手足の先が落ち着かなくなる。寝台の前をうろうろ歩いていると、アロンソが私室に入ってくる音が聞こえて、慌てて立ち止まった。そして、寝室と繋がる扉のほうを見ると、寝巻き姿のアロンソと目が合った。

挨拶代わりに微笑んだアロンソの、まっすぐな視線は期待と熱を孕んでいる。こちらへ歩いてくる足取りは落ち着いているけれど、心から求められているのをひしひしと感じる。目の前に立ったアロンソを見上げれば、琥珀色の瞳から情熱が溢れ出るのが見えた気がした。その瞬間、緊張は弾けて消えて、初めて感じる衝動がユベールを突き動かす。

「アロンソ」

首元に手を添え、引き寄せて、自分から唇をアロンソのそれに重ねた。噛みつくように、本能が囁くとおりに、愛しいひとの唇を塞いだ。

こんなに大胆なことができるなんて、今夜まで知らなかった。息が苦しくなるまで唇を重ね、離したと思えば違う角度で噛みつく。

「ふっ…、…ん…」

息継ぎの隙がないくらい、何度も唇を重ねた。アロンソの手は、ユベールの腰をきつく抱き寄せ、衣服越しに肌を揉みほぐす。

熱い指先と肌のあいだに布があるのがじれったくなって、寝巻きの紐を解いた。肩から徐々に露わになっていくユベールの滑らかな肌に、アロンソはくちづけの軌跡を刻んでいく。

首筋から鎖骨を唇で辿り、軽く吸い上げては音を立てて離れていく唇は、触れたところが溶けてしまいそうなほど熱い。普段の穏やかさからは想像がつかない、アロンソの情熱的な一面は、ユベールの官能に赤い火をつける。

アロンソの寝巻きの紐を引っ張って、整った目元を見つめれば、情交を渇望する野性的な視線に捕らわれた。その瞬間、身体の奥がどくんと疼いて、そこに触れてほしくて堪らなくなった。

紐を解いて、アロンソの身体を露わにすれば、その逞しさに思わず唾を飲み込んだ。彫刻のような筋肉の隆起や、彼の象徴は、優れた雄の風格に溢れている。これがアルファという生き物なのか。

腹の底がひどくもどかしくなって、心臓が駆けて、呼吸が乱れる。肩が上下するくらい身体がじれったくて、これが興奮なのだとやっと理解した。アロンソに、性的に興奮している。オメガの性というだけでは収まらない。ユベールの感性すべてがアロンソの雄を欲している。

寝台に軽く腰かけたユベールは、熱い吐息を溢しながら、誘惑の視線で見上げた。他の誰でもない、アロンソにこの身体を征服してほしい。そんな生々しい欲求が腹の奥から湧いてきて、自然と寝台に誘っていた。

「ユベール」

愛おしそうに名を呼びながら、アロンソはまるで獲物を捕らえる寸前の獣のように距離を詰めてくる。淫らな獲物になった気分にさせられ、寝台の上を後退(あとずさ)りすると、鼻先が触れるか否かの距離を保って、枕元まで追いつめられた。

「アロンソ」

くちづけの先が知りたい。名を呼んで情欲をねだると、噛みつくように唇を奪われた。

「ユベールに触れる日を夢にまで見た」

うっとりと囁いたアロンソは、滑らかな身体を抱き寄せ、その感触を確かめるよう、指先で肌を揉みしだく。

もう一度唇を奪ったアロンソは、上気した白い肌にくちづけの軌跡をつくる。首筋から鎖骨、胸を辿り、淡い桃色の突起を食(は)んだ。

「あっ」

小さな突起を甘噛みされて、鼻にかかった吐息が零れた。甘い痺(しび)れが広がって、下腹の奥に熱を生む。

「はぁっ、……んっ」

唇に愛撫(あいぶ)されていないもう片方の突起がもどかしい。無意識に上体をよじると、今度は寂しがっていた突起を啄(ついば)まれた。

「んんっ」

望んだとおりに吸い上げられて、熱い痺れが下肢の方へと駆けていく。甘い刺激は腰を溶かして、中心を充血させる。

熱を宿したそこをちらりと見ると、先端が赤く染まって透明な蜜で濡れていた。己の破廉恥な姿を初めて直視して、あまりの淫猥さに隠れてしまいたくなった。アロンソに見られないよう、腰をよじると、ぷるんと揺れたそこを大きな手で撫でられてしまう。

「あっ、だめ」

恥ずかしすぎて涙目になるユベールをよそに、アロンソは充血した中心を下へと撫でた。そのままさらに下へと指を滑らせ、奥にある蕾に触れた。

「アロンソっ」

自分でだって触ったことがないのに、アロンソは蕾を躊躇いなく撫でる。その淫らな手つきは秘所を潤ませ、指先が円を描いた直後、蕾の奥へと指がさし入れられた。

「あっ、…はっ……」

中を広げられる感覚は、熱い刺激となってユベールの全身を廻った。節の目立つ長い指は、初心な内壁をじっくり撫でて、溶かしていく。小さな刺激の波が下腹から波紋のように広がって、身体中の感覚が研ぎ澄まされる。肌が重なっているだけで幸せで、興奮して堪らない。

「アロンソ、…あっ、中に欲しい」

淫らな衝動が声になって唇のあいだから零れた。とろとろに溶かされた中が苦しいくらい焦燥に喘いで、アロンソの熱が欲しくて我慢できなかった。

大胆にねだられ、ユベールの快感を引き出すことに集中していたアロンソが、弾かれたように顔を上げた。最も深く特別な繋がりを求められて、歓喜に瞳を輝かせている。

「俺も、ユベールが欲しい。ずっと欲しかった」

心も身体も本能も、すべてがユベールを求めていた。それでも、ユベールが求めるようになるまで忍耐という愛を貫いたアロンソは、心の底から愛おしそうに伴侶の唇を彼のそれで塞ぐ。

「ユベール」

鼻先が擦れる距離で、蕩(とろ)けるほど甘い声音で名を呼んだアロンソは、まるで情熱の雨を降らせるかのように全身でどれほどこの瞬間を待ち望んでいたかを伝えてくる。そのひたむきな愛を感じたくて、自然と脚を開くと、逞しい腰がそこへ滑り込む。

「きて」

濡れそぼった蕾を、逞しい雄に擦りつければ、一息に破瓜(はか)された。

「ああっ、…んぅっ……！」

鮮烈な刺激がつま先まで駆け抜ける。純潔だった中は一つになった悦(よろこ)びに震えて、熱い昂ぶりを甘く嚙むように締めつける。初めての快感はとても甘美で、中が収縮してもっと奥へとアロンソを誘う。

「優しくしたいと思っていたのに」

独りごちるようにそう呟いたアロンソは、誘惑に耐えきれず腰を大きく押し出した。

「あっ、……ああっ！」

奥深くまで、昂ぶりに開かれていく。繊細な箇所で繫がる快感はユベールを虜にして、欲望に正直に、快感に従順にする。

大きく脚を開いて、これ以上ないほど奥までアロンソを迎え入れる。信じられないくらい大胆に、愛するひととの快楽に没頭する。引き締まった腰に尻を叩かれるくらい深くまで交わって、抜けるぎりぎりまで雄を退かれ、鮮烈な快感に揺さぶられて、身も世もなく喘いだ。

「ああっ……、ひ…あぁっ…」

膝立ちになったアロンソが、彼の腰に向かってユベールの腰を引き寄せた。そして熱い先端で最奥を突いて、深く埋めたまま円を描くように腰を揺らす。

「あっ、…ああっ…、深いっ……んぅ」

大きく開いた脚のあいだで、真っ赤に充血した中心が涙を流して揺れている。そのすぐ後ろはぴったりとアロンソの肌と密着して、腰が揺れるたびに淫らな水音を立てる。後孔は完全に性器になって、悦びにむせび泣く。

卑猥な光景のはずなのに、愛おしくて堪らない。逞しい身体が腰を押し出すたびに引き締まるのが官能的で、快感に跳ねる自分が淫靡で、これほど深く繋がっていることが、幸せで仕方がない。

「はぁっ、…あんっ……、アロンソ」

激しい快感に苛まれ、蕾は愛液を溢れさせ、中心は涙を流している。アロンソの腰遣いが徐々に律動へと変わっていけば、下腹に溜まった快感が破裂しそうな、初めて感じる衝動が背筋を駆け上がった。

「アロンソっ、……怖い」

身体の奥で何かが爆ぜそうだ。急に怖くなって両手を伸ばすと、アロンソは繋がったままユベールを起こし、胡坐をかいた彼の脚を跨ぐよう、向かい合って抱き寄せた。自重によってより深くまで昂ぶりを受け入れる体勢に、ユベールの中が痙攣し始める。

「ユベール、気持ちいいのか？」

大きく突き上げられて、激しい快感が全身を駆け巡った。中はアロンソでいっぱいで、腹の奥で快楽が弾けそうで、これを気持ちいいということを、アロンソに訊かれてやっと知った。

「きもちい……、あぁっ」

もう一度強く突かれ、目の前に絶頂が見えた。自分は今、生まれて初めて、快楽の極みを迎えようとしているのだ。

「アロンソ、…あぁ…、抱きしめて」

頂に立つ瞬間は、抱きしめられていたい。首元にしがみつけば、愛おしそうに抱きしめてくれた。そして最奥のさらに先を開くほど深く突き上げ、ユベールを官能の極みへと連れていく。

「アロンソ、…っあ……、ああっ！」

抱きしめられながら、遂にユベールは達した。きつく閉じた瞼の裏には火花が散って、えも言われぬ解放感が身体の奥から弾ける。

「あっ、…あぁっ……」

二人の腹のあいだに白い飛沫を散らしたユベールの中で、欲望が大きく脈打った。その瞬間、体内に熱い迸りが放たれ、アロンソも極めたことに気づく。

「嬉しい……」

身体の中から、アロンソの愛に染まっていくような感覚がして、胸がいっぱいになった。最も無防備な姿で触れ合って、秘密の箇所で繋がって。伴侶にだけ許された特別な行為は情熱的で、淫らで、なのにとても尊く感じる。

「愛しています、アロンソ。心の底から」

耳元で囁けば、アロンソは弾かれたように身体を離し、ユベールの瞳を見つめた。そして愛の言葉を嚙みしめるよう、目を閉じて、額を重ねる。

「愛しいユベール。君に愛されることほど誇らしいことはない」

うっとりと囁かれ、くちづけないなんてできなかった。唇で戯れながら、しばらく繋がったまま抱き合っていた。互いの吐息を感じる距離で、愛する悦びに包まれて、本当に肌が溶け合って一つになるのではないかと思うほどの一体感に辿り着いた。いつまでも抱きしめあっていられそうだったけれど、ふとした瞬間に深く唇を重ねると、また情熱が燃え上がって、どちらからともなく腰を揺らした。最も深く、繊細な箇所で繋がった二人は、夜の終わりを知らないかのように、互いの熱を貪りあった。


目が覚めた瞬間、琥珀色の瞳と視線が絡んだ。覚醒しきっていない頭でもずっと見つめられていたのがわかるくらい、向けられている視線が熱くて、くすぐったい心地になる。

「そんなに見ないで」

「あまりにも愛しいから、つい」

「ふふっ」

照れてしまい、枕に顔を埋めたユベールの肩に、アロンソがくちづけを落とす。肌が露わになっているそこにいくつかくちづけが落とされると、昨夜の情交の記憶が蘇った。

アロンソは普段の振る舞いからは想像がつかないくらい情熱的だった。引き締まった身体からは雄の存在感が溢れていて、刺激的で堪らなかった。覚醒していくのと同時に、頭の中の記憶がどんどん鮮明になっていって、寝起きの今なら違って見えるものか確かめたくてアロンソを見ると、やっぱり文句のつけようがないほど逞しくて、それに色気が増して見えた。

快感の味を知って、おかしくなってしまったのだろうか。起き抜けだというのに、アロンソの男としての魅力を再認識した途端、あろうことか淫らな気分になってしまった。

「刺激が強すぎる……」

もう一度枕に顔を埋めようと思ったのに、頬に手をあてがわれてできなくなった。

「強すぎる？」

「アロンソの、雰囲気といいますか」

目を泳がせると、アロンソは察した表情をする。

「ああ、雰囲気か」

「起きたばかりなのに、こんな気分になるなんて、私はおかしいのですか」

布団の下では、身体がわかりやすい反応を示してしまっている。収まりそうにもないし、知られるのも時間の問題だから、自分から言ってしまえば、アロンソはとんでもないと言ってユベールの肩を抱き寄せる。

「いや、自然なことだ。伴侶なのだから」

求めてしまうのは当然のことだと、言いきってもらえて安堵した。途端に、昨夜のあの快感がもう一度欲しくなって、くちづけをねだると、アロンソはユベールの凛とした唇を美味しそうに啄む。

腰を引き寄せられ、すっかり熱を宿した前がアロンソのそれと重なった。深くなっていくくちづけの合間に、情熱的に見つめられた瞬間、あまりの色気に耐えきれなくなった。陽の光が漏れ入る寝室は、色男の快感を期待した表情を見るには明るすぎる。ユベールは強引に身体を返してしまった。

「どうした」

突然背を向けたユベールに驚いて、アロンソは心配そうに肩を撫でる。その優しさが、雄々しい色香と対照的すぎて、信じられないくらい興奮した。

「寝起きの顔はあまり見られたくありません」

気持ちが高まりすぎて、顔が見られない。けれど、身体の奥が求めていると態度で示せば、アロンソは、

「それは失礼した」

と言って、ユベールの身体を俯けに寝かせた。

後ろから被(かぶ)さったアロンソは、そっとユベールの脚を開き、双丘に腰を重ねる。そして先端で蕾を撫でたかと思えば、躊躇うことなく欲望を中へと進めた。

「ああっ」

繋がっただけで爆ぜてしまいそうなくらい感じてしまう。愛するひととの快楽は、自分のものとは思えないくらい、この身体を敏感にしてしまった。

「気持ちいいっ…、…はっ…、アロンソ、もっと」

無意識に貪欲(どんよく)なことを口走っていた。それにも気づかないくらい快感に没頭するユベールをアロンソは深いところで責め続ける。

「あ……っ、んぅ」

昨夜とは違う、静かな律動は、じわじわとユベールを官能の極みへと追い上げる。激しい情熱も気持ちよいけれど、穏やかな愛情を体現するような快感の波も、甘くて愛おしくて気持ちよい。

「あぁ…、いいっ、……ぁ、達(い)くっ」

「ユベール、……くぅっ」

呆気なく極めたユベールの中で、アロンソも果てる。昨夜の情交の跡が残る中に注がれた熱は結合部から溢れてしまって、脚のあいだを淫靡に濡らした。

まるで獣のようだ。愛欲が満たされてすこし冷静になると、激しい羞恥に襲われた。アロンソはというと、悶えるユベールを愛おしそうに見下ろして、首筋や肩に宥めるようなくちづけをいくつも落とす。

寝乱れたままの金髪を指先で梳いたアロンソが、腰を退いて起き上がった。逞しいものに責められた後孔は緩んでしまって、注がれたばかりの熱情が零れ出てしまう。それがひどく寂しくて、無意識に唇を尖らせていると、起き上がったユベールのとんがった唇を、アロンソがちゅっと音を立てて奪った。

「ユベール？」

「アロンソが離れてしまうと、どうしても寂しくなるのです」

正直に言えば、アロンソは仕方なさそうに眉尻を下げる。

「毎晩でも、毎朝でも、もしかしたら昼間にも、ユベールが望むだけ俺を捧げるから、そんなに寂しがらないでくれ」

全力で甘やかせてくれるつもりなのだ。熱くて甘い視線に見つめられると、笑顔にならないなんてできなかった。くすくす笑い合って、唇を啄んで啄まれていると、扉の向こうから大きな咳払いが聞こえた。

「えー、お熱い朝をお迎えのところ、大変失礼いたします。王太后殿下、今朝(けさ)の礼拝が三十分後に迫っております」

わざとらしい大きな声の主はマルコだ。アロンソの近侍が着替えを持ってそこまで来ているとも、大げさに付け加える。

いたずらっ子のように笑い合って、急いで寝巻きを身につけた。そしてアロンソが、

「もうそんな時間だったのか」

と、わざとらしく答えると、アロンソの近侍とマルコが着替えを運びこむ。

「この空気だと、お召し替えは手伝わないほうがよいのでしょうか」

片眉を上げるマルコがなんだかとても可笑しくて、吹き出したのを隠すユベールに代わり、アロンソが答えてくれる。

「ああ、自分たちで済ませる」

貴族は自分で着替えることなどないものだが、今朝は例外だ。例外の理由は明らかで、近侍もマルコも、少々呆れ顔で寝室を出ていく。

朝から情事に浸ったせいで、礼拝に間に合うよう必死で準備をする日がくるとは、夢にも思わなかった。あまりの奔放さに自分で自分に呆れそうになって、その奔放が許されるひとと、身も心も結ばれたからだとあらためて気づいた。

未来を見据え知性を共有するのも、互いのために戦うのも、感性を解き放って淫らになるのも。アロンソとだからできることだ。王太子という人間になろうとしていたユベールでは叶わなかった。ただのユベールとしてアロンソを愛し、王子としての誇りを胸に婚姻を結んだからこそ、今日という日を共に迎えられるのだ。

先に身支度を整えたアロンソは、足腰がおぼつかないせいで遅れをとっていたユベールを手伝って、靴まで履かせてくれた。

「行こう」

手を差し出したアロンソは、まっすぐにユベールを見つめる。伴侶を何よりも大切に思うからこそ差し出された手を、ユベールはそっと握った。

「はい」

微笑み合ったのを合図に、二人は走り出した。礼拝堂まで、きゃっきゃと声を上げたくなるのを堪えながら、隣同士並んで走った。


無事に礼拝を終えた二人は、昼食のあと小宮殿を訪ねた。こちらも昼食を終えたばかりで元気いっぱいのソフィアは、久しぶりに会ったからかとても上機嫌だ。

「ユベー、ユベー」

自分の名を舌足らずに連呼する幼い子の笑顔ほど可愛いものはない。姪の愛らしい姿に、ユベールは鼻の下が伸びるのを感じた。

「ますます姉上に似てきたな、ソフィア。とびきりの美人に育つぞ」

天使のようなソフィアを抱き上げ、頬にくちづけたユベールがアロンソを見遣ると、アロンソも鼻の下を伸ばしていた。アロンソの場合はソフィアにだけ鼻の下が伸びているのではなく、ソフィアを抱くユベールにも、だ。身体を重ねたからだろうか。言われなくてもわかってしまい、気恥ずかしくて堪らなくなった。

ソフィアを下ろしたユベールは、照れ隠しとばかりに、走れるようになってきた姪を追いかけた。すこし走っては止まって、冬支度を急ぐ鳥の鳴き声や、木々のさざめきに、戦いで疲れた精神を癒（いや）してもらい、可愛い姪には活力をもらった。

「これほど姉に似ているのであれば、ソフィアはきっと良い姉になりますね」

わざと事ありげに笑いかければ、意味を察したアロンソが頬を緩める。

「姉になるには、妹か弟が必要だな」

ソフィアの妹弟、すなわち、アロンソとの子だ。身も心も愛し合う伴侶となった今日、ソフィアと戯れていると、とても自然に、愛の結晶を授かりたいと思った。あれほど呪って恨んだオメガ性が、愛しく感じる。オメガ性に生まれなければ、アロンソと番うどころか、結婚することもなかった。辛く苦しいこともたくさんあったけれど、振り返ってみればすべてに神のご加護があったのだと信じられる。

「名前はアロンソがよいかと思うのですが、いかがでしょう」

長子には両親の名をつけるのがエスパニル王国の伝統だ。男の子なら迷わずアロンソと名づけるだろうと思って言えば、アロンソは心の底から嬉しそうに笑った。

「ユベールもいるとよいな」

「ふふっ」

二人目の名前まで決めてしまうとは、随分気が早い。だがそれも、愛情ゆえだとわかるから、甘酸っぱい気持ちになる。

「ユベー」

響きが気に入っているようで、ユベールという名を聞いただけでソフィアは大喜びで飛び跳ねた。

「アロンソが先だよ、ソフィア」

なんの話題かわかっていなさそうな、天真爛漫(てんしんらんまん)な姫に、一応念押ししたユベールは、愛おしい夫を見つめ直す。

「二人以上子供ができたら？」

さらに気の早いことを言ってみれば、アロンソは不敵に笑んで返す。

「祖父母や、尊敬する叔父叔母(おじおば)の名をもらう。今度表を作って見せよう」

鼻先が触れる距離で気早な冗談をかけあって、くすくす笑いながらくちづけをした。恋という特別な感情が幸せの予感を次々と生み出して、笑顔が弾けてとまらない。

ガレオがいつか、アロンソほど幸せにしてくれるひとはいないと言った。あれはきっと、ユベールのことを誰よりも理解して、支えてくれていたから、当事者とは違う冷静な視点からアロンソとユベールを見ることで、そこに運命があると悟ったのだろう。素晴らしき友であり近侍だった男のことを思い出し、感謝の手紙を書きたくなった。

「愛しています、アロンソ」

手を繋いで囁いた。最愛の夫は、これ以上ないほど幸せそうに笑って、ユベールの両手を握る。

愛の言葉を囁いたアロンソは、そっとユベールの唇を塞いだ。鼻先を擦り合わせて笑い合っていると、ソフィアがじっとこちらを見ていることに気づいた。

急に恥ずかしくなって、あっちに鳥がいる、こっちに変な形の木の枝がある、と、なぜか必死に誤魔化した。可笑しな二人に、ソフィアはきゃっきゃと声を上げて笑う。

「パピー」

父親の愛称を口にして、ソフィアがアロンソに向かって両手を伸ばした。アロンソは目元を熱くさせて、愛しい姪であり娘を力強く抱き上げる。

「父と呼んでくれるのか」

感無量で頬にくちづけるアロンソにひとしきり甘えたソフィアは、小さな手でユベールを指さす。

「シェリー」

いつの間に覚えたのだろう、ユベールが思わず口にしているフロレンス語の愛しい人という言葉だった。すこし舌足らずなのがともかく可愛くて、心が日差しを浴びたバターのように溶けてしまう。

「いつか嫁にいってしまうのか」

ぼそっと悲しげな呟きが聞こえ、見上げると、ソフィアの頰を撫でながらアロンソが真剣に寂しがっていた。

「パピーは気が早いね、ソフィア」

声を上げて笑いながら、ユベールはこの温かく美しい日が毎日になるように願った。そしてその願いは、神の加護を得るのだった。

あとがき

はじめまして、こんにちは。桜部さくと申します。お久しぶりの方もいらっしゃるでしょうか。このたびは『王子の政略婚　気高きオメガと義兄弟アルファ』をお手に取っていただき、ありがとうございます。

前作の文庫からちょうど二年が経ちました。この二年は、それこそ世界中が大変で、長かったようで忙しなく過ぎていった気がします。人生の半分近く海外に住んでいますが、これほど日本が遠く感じたことはありませんでした。自分の国にいつ帰れるかわからないという不安をはじめて覚え、その衝撃は今作品にもすこし影響したかもしれません。

そんな、色々あった現実からすこし離れて、今作は馬車や大砲が出てくるファンタジーになりました。十八世紀ヨーロッパをモデルにした王子たちの物語に、オメガバースの設定をプラス。フランスのブルボン王朝が好きなので、宮殿や貴族文化の要素を取り入れました。かの有名な宮殿の写真や、映像資料をうっとり眺めながらフロレンス王宮のシーンを書きました。また、今作は自己最多の名前が出てきます。読み手としてキャラクターや国の名前を覚えるのが苦手なので、書くときはできる限り名前を絞っているのですが、今回はたくさん名前を付けました。そのかわりといいますか、国の名前は実在の国に寄せています。あの国っぽいな、と思われたなら、それが当たりです。設定はフィクションですので、おおまかな位置や気候の参考にしていただければ幸いです。

衣装もロココ調を参考にしていました。一夜先生のイラストには想像より何倍も素敵な衣装や景色が描かれています。一夜先生、お忙しい中素敵なイラストをありがとうございました。そして担当編集者さま、出版に関わってくださった皆さま、本当にありがとうございました。

最後になりますが、今作、もしかしたらこれまでの作品も、お手に取ってくださった読者の皆さまに心より感謝申し上げます。すこしでも楽しい時間づくりに役立つことを祈っております。

桜部さく

本作品は書き下ろしです。

この本を読んでのご意見・ご感想・ファンレターなどお待ちしております。〒111-0036 東京都台東区松が谷1-4-6-303 株式会社シーラボ「ラルーナ文庫編集部」気付でお送りください。

王子の政略婚 気高きオメガと義兄弟アルファ

2022年4月7日 第1刷発行

著　　者｜桜部さく

装丁・DTP｜萩原 七唱

発 行 人｜曺 仁警

発 行 所｜株式会社 シーラボ
〒111-0036 東京都台東区松が谷1-4-6-303
電話 03-5830-3474／FAX 03-5830-3574
http://lalunabunko.com

発 売 元｜株式会社 三交社（共同出版社・流通責任出版社）
〒110-0016 東京都台東区台東4-20-9 大仙柴田ビル2階
電話 03-5826-4424／FAX 03-5826-4425

印刷・製本｜中央精版印刷株式会社

 ISBN978-4-8155-3268-0

運命のオメガに王子は何度も恋をする

はなのみやこ ｜ イラスト：ヤスヒロ

一夜の契りで王子の子を身籠ったリーラだが、
愛を誓った王子は五年間の記憶を失って…。

定価：本体700円＋税

三交社